El Secreto

de Damien

SUNNI T. CONNOR

ISBN: 978-1-7371849-5-9

DEDICATORIA

Dedico este libro a mi hermosa familia y a mis fieles lectores. Agradezco especialmente a mis hijos por mostrarme un amor incondicional. Gracias a mis padres por permitirme ser la persona única que soy. Gracias a mi alma gemela por completar mi alma. Por último, gracias a mis lectores, porque no habría libros sin ustedes.

ÍNDICE

RECONOCIMIENTOS

Publicado por Naturally Sunni LLC.
Editado por William Hunt
Traducido Por Carlos Javier Figueroa

1
DAMIEN

Mirando por la ventana del salón de mi casa de ladrillo, me encontré atrapado en *su* mundo. El vapor de mi cálido aliento me nubló rápidamente la vista; limpié la ventana y allí estaba ella de nuevo, corriendo con sus dos coletas flotando como un conejito. Brianna y mi hermana gemela, Dawn, jugaban inocentemente en el enérgico aire de Detroit. Quería algo de ella, pero eso me costaría.

Crucé mis piernas de trece años contra el viejo sofá marrón, observando atentamente cómo jugaban. Miré fijamente a los ojos de Brianna mientras reía y saltaba. Cuanto más la miraba, más parecía no darse cuenta de mi atención. Su ingenuidad me encaprichó aún más. Aunque parecía divertirse, sus ojos parecían asustados. Nunca había entendido ese miedo, pero un día no sólo lo entendería, sino que lo sentiría yo mismo.

Dejando de prestar atención a Brianna, eché un vistazo al vecindario y descubrí que alguien me observaba... Un asqueroso observando a un asqueroso.

El Sr. Ralph estaba de pie en la esquina de la licorería, mirándome profundamente a los ojos como si pudiera ver a través de ellos hasta mi alma. Me di la vuelta para mirar a los niños del barrio, esperando que se fuera. No lo hizo. También quería algo de mí, pero no sabía que a él también le costaría.

Mis pensamientos fueron interrumpidos por mi padre. Papá era un hombre alto y guapo. Era notablemente atractivo, con sus dientes blancos y brillantes y su piel suave y acaramelada. Para mí, sus ojos parecían los de un borracho; eran más cremosos que blancos. Papá era un padre a tiempo parcial y un hombre de negocios a tiempo completo. Sólo venía una o dos veces por semana, pero decía vivir con nosotros. Todos los viernes, como un reloj, aparecía el día de la paga de mamá para follarla, disciplinarme, comer nuestra cena y gastar el dinero de mamá emborrachándose. A mamá le encantaban los viernes.

"Damien", llamó papá mientras golpeaba sus pies con impaciencia.

"Sí, papá".

"Es la hora de tu corte de pelo. Sal de la ventana y ven. No tengo todo el día", exclamó.

Papá nunca se cortaba el pelo, lo que siempre me pareció extraño ya que disfrutaba mucho cortándomelo en un horrible corte de estilo militar. Sabía que mi pelo era algo que me gustaba, y cortarlo era una forma de torturarme. La familia se define como *todos los descendientes de un ancestro común*. Así que eso explica por qué soy parte de esta familia; papá es nuestro ancestro común.

Mamá, en cambio, parecía no estar consciente de su belleza. Parecía no darse cuenta de lo atractiva que era. Tenía un bonito y abundante pelo que llevaba a lo afro. Sus pestañas eran largas y abundantes; la gente la felicitaba por todas partes. Su cuerpo estaba tan en forma como si no hubiera tenido hijos. No tenía ni un solo defecto visible, incluso sus dientes eran perfectos.

Mamá era el tipo de madre cariñosa antes de que papá se convirtiera en un borracho. Si papá era feliz, entonces mamá era feliz, y entonces *nosotros* podíamos ser felices. Todo giraba en torno a papá. Comimos muchas cenas frías esperando que papá volviera a casa. A veces no llegaba, y mamá siempre se mostraba decepcionada.

No podía entender por qué mamá no dejaba a papá. Tenía tanto miedo de estar sola, a pesar de que claramente podía conseguir cualquier hombre que quisiera. Una y otra vez, eligió ser la opción de papá. Ella era su esposa, y nunca debió ser una opción. La forma en que papá trataba a mamá me hacía odiarlo, aunque yo tampoco le interesaba especialmente. Yo era el único en la casa que se quejaba de papá. Mamá no quería oír la verdad, especialmente de su hijo adolescente.

Dawn era mi hermana gemela idéntica. Me gustaba llamarla Danny Girl. Era mi apodo personal para ella. Normalmente, las gemelas de distinto sexo no se parecen mucho, pero Dawn y yo no nos diferenciábamos mucho. Teníamos la misma tez de caramelo, la forma de la cabeza de pera, los labios carnosos, la nariz definida, la altura y el peso. Sin embargo, Dawn no tenía mis ojos perfectamente formados. Los suyos tenían una inclinación, pero no como los míos. Dawn era la favorita de mi padre, y recientemente se había convertido también en la favorita de mi madre.

Tener un gemelo es como ser la misma persona. Compartimos el vientre de nuestra madre al mismo tiempo, crecimos exactamente en el mismo grado, nos gustaban las mismas comidas, incluso teníamos el mismo color favorito. Nuestras personalidades diferían bastante. Dawn siempre ha sido un poco más tranquila y sumisa, mientras que yo lo desafiaba todo.

Eso deja sólo un miembro más de esta familia, *yo*. Soy Damien, bueno, eso creía. Toda mi vida, tal como la conocía, era un misterio. Mucha gente se preguntaba qué me había sucedido para arruinarme tanto. Sólo dos personas sabían la verdad; una estaba muerta, y otra no podía exponer la verdad sin exponerse a sí misma.

Las cosas se descontrolaron rápidamente. No podía comprender cómo había perdido tanto de mí mismo sólo para ocultar un secreto. ¿Cómo mi única mentira se convirtió en una vida llena de mentiras? Intenté mantener la compostura y todo iba bien hasta que cometí el error definitivo que lo cambió todo. Fue el error que cambió todo el rumbo de mi destino. Me perseguiría y me mantendría para siempre esclavizado en mi propia piel.

No podía escapar de quién era, y seguramente no podía huir. Mi secreto era una parte de mí, como cada grano de pelo que había en mi cabeza. Estaba así de unido. Caminaba como yo, y esperaba pacientemente a ser expuesto. Mis oscuras obsesiones definitivamente no ayudaban a mantener las cosas contenidas. Todos los secretos salen a la luz. Lo que se hace en la oscuridad eventualmente será revelado.

Se acercaba la mañana siguiente y allí estaba yo, en el baño, intentando mantener el pecho erguido y cepillarme los dientes con rudeza, como había visto hacer a mi padre en muchas ocasiones. Me miré en el espejo del baño los ojos de gato. Admiré la mirada vidriosa que me reflejaba. Mis ojos me hacían único; conocían todas las respuestas. No puedes mirarte a los ojos y mentirte a ti mismo. Es casi imposible. Ves el mundo a través de tu mirada, y en ella están todas tus verdades. A todas las personas les gusta ver algo especial en sí mismas; pues bien, yo no era diferente.

Salí de mi aturdimiento al escuchar la voz de mamá llamándome agresivamente. Quizás no era la primera vez que me llamaba. No lo sabría porque estaba en una profunda ensoñación. Mamá me regañaba tanto que a menudo la ignoraba. Siempre era algo malo o algo que tenía que hacer. Sus quejas me volvían loco.

Oí a mamá gritar mi nombre de nuevo. No me apresuré a responderle. Nunca corrí a hacer nada. Puse lentamente la tapa de la pasta de dientes; cogí el cepillo dental y lo coloqué en el soporte mientras me limpiaba el exceso de saliva alrededor de la boca. Tararée mientras colgaba la toalla facial junto al lavabo.

"¡Damien!" Mamá gritó desde el fondo de la escalera. "Chico, sé que oyes que te llamo. ¡Si me haces subir estos escalones!"

"Ya voy, mamá. Me estaba cepillando los dientes", afirmé tranquilamente, sin inmutarme por todos sus gritos.

"¿Por qué pasas todo ese maldito tiempo en el

baño de todos modos? No eres un..." Mamá se detuvo a mitad de la frase.

"¿No soy un qué, mamá?" pregunté, con una nota de creciente agresividad en mi voz.

"No importa, Damien. Sólo baja aquí, para que pueda ir a trabajar. Dawn nunca me da tantos problemas". Mamá dio un portazo para enfatizar su punto.

"¡No soy Dawn!" Le grité a la puerta ya cerrada.

Dawn estaba sentada en la mesa de la cocina bebiendo los restos de leche de los cereales del bol con un odioso sonido de sorbo. La miré y sonreí. Ella me devolvió la sonrisa. Me pareció oírla hablar con alguien, pero me di cuenta de que papá también se había ido.

"¿Qué le pasaba a mamá esta mañana?" pregunté mientras buscaba leche en la nevera.

"Está enfadada porque papá se ha ido en mitad de la noche otra vez. Puedes dejar de buscar la leche. Me he bebido la última". Dawn se limpió la boca con el dorso de la manga, sonriendo.

"Danny Girl", dije, manteniendo la calma, "¿por qué te encanta hacerme enfadar? Te dije que sería amable si tú lo eras. ¿Te acuerdas?"

"Sí, Damien, lo recuerdo. Sólo no quería que pensaras que estabas a punto de comerte un tazón de cereal, eso es todo". Recogió su bolsa de libros y caminó hacia la puerta principal.

"¡Todo el mundo por aquí me quita todo!" grité,

impidiendo que abriera la puerta principal.

"Vamos, Damien". Parecía desconcertada, como si estuviera exagerando. "Deja de ser un bebé y déjame pasar. No hay necesidad de enfadarse". Dawn agarró el pomo de la puerta.

"Perfecta pequeña Dawn, siempre tienes las respuestas correctas", dije mientras acomodaba un pedazo de cabello de Dawn detrás de su oreja. Estaba obsesionado con el pelo: tenía que estar en su sitio. Como éramos gemelos, me tomaba la apariencia de Dawn como algo personal. Era un reflejo directo de mí.

Me alejé de la puerta y la vi salir del porche. Me quedé en la puerta y conté los cuatro escalones mientras Dawn los saltaba rápidamente.

Tras cerrar y bloquear la puerta, abrí el refrigerador y saqué el compartimento secreto del fondo. Saqué las patatas y el medio galón de leche que había escondido. Cogiendo un bol y una cuchara, me senté en el asiento favorito de Dawn y preparé mi cereal, crujiendo en silencio mientras daba golpecitos con el pie derecho hacia arriba y hacia abajo. Me aparté el pelo imaginario de la cara, hablando en voz alta con la voz de Dawn como si estuviera hablando con su mejor amiga, Brianna.

Disfrutaba de los juegos de rol. Me emocionaba mucho ser Dawn. Siempre sentí que, si podía entenderla, no la perdería. Dawn fue lo que despertó mi interés por Brianna. Quería una parte de lo que tuvieran. Mi obsesión por Dawn aumentaba mis pensamientos sobre Brianna y su amistad. Una amistad de la que yo no formaba parte.

Admiraba la forma en que Dawn caminaba; sus piernas eran fuertes pero ligeras. Sus pequeños y delicados pies tocando el suelo eran suaves como un pétalo. Se desplazaba con un movimiento de pluma, como si siempre estuviera contenta de caminar hacia su próximo destino. Yo soy un chico, así que mi andar y mi postura eran más sólidos. No sé por qué admiraba tanto a Dawn. Éramos casi iguales; la única diferencia era que ella era delicada y yo sólido.

Salí de la casa y giré la cerradura tras de mí. Dawn siempre iba a la escuela temprano para la práctica de la banda, así que caminé solo. En el momento en que el aire de Detroit me golpeó la cara, supe que tenía que ser consciente de mi entorno. En su mayoría, los ancianos dirigían el vecindario, y se sentaban en las barberías o fuera de la licorería a jugar al ajedrez.

No tardé en sentir la familiar mirada del Sr. Ralph. Me miraba fijamente como un búho lejano. Un búho que se sienta en la sombra para evitar la exposición. Era la sensación más incómoda. No me gustaba la forma en que me miraba. El Sr. Ralph era un hombre alto y delgado con agujeros en la cara; sus labios eran finos, una mezcla de rosa y marrón. Despreciaba la visión de sus labios. Papá salía a menudo con el Sr. Ralph, así que era una visión que no podía evitar ver. Era como si me esperara todos los días para ir a la escuela.

El Sr. Ralph tenía un sobrino, o quizás era su hijo. Brandon vivió con el Sr. Ralph durante unos meses. Salía con Brandon todos los días y se convirtió en mi mejor amigo. Él también odiaba al señor Ralph y a menudo me decía que no quería vivir con él. Nunca entendí por qué. Yo sólo tenía ocho años, así que nunca me molesté en preguntarle a Brandon sobre su relación con el Sr. Ralph. Simplemente asumí que el Sr. Ralph era su tío.

Brandon no iba a la escuela, así que tenía que jugar a escondidas con él. Se escabullía por la puerta trasera y esperaba en mi porche hasta que yo salía. Nunca llamó a la puerta. Una vez me dijo que su verdadero nombre no era Brandon. Pensé que estaba bromeando. Un día, simplemente se fue. La única conversación que tuve con el Sr. Ralph a lo largo de los años fue sobre Brandon.

Al ver que el Sr. Ralph me observaba mientras caminaba por la calle, volví a pensar en Brandon. Hacía años que no pensaba en él. Me pregunté cómo estaría ahora. Inmediatamente me pregunté por qué el Sr. Ralph mentiría sobre que Brandon vivía allí y por qué se había ido de repente. Brandon no dejó una nota de despedida ni nada. Mientras mis pensamientos divagaban, de repente levanté la vista y me encontré frente al edificio de la escuela.

Llegué a la escuela justo después de que sonara el timbre. No me gustaba estar ahí. Yo era algo popular, pero sólo por ser el gemelo de Dawn. Los niños también se daban cuenta de que tenía estilo. Llevaba mi uniforme azul marino de una manera totalmente diferente a la de los demás niños. Llevaba calcetines largos de color beige y me ponía puños pequeños en los pantalones. Mi camisa blanca del uniforme estaba perfectamente planchada, y siempre me ponía una chaqueta vaquera para añadir algo de estilo. Mis profesores me decían a menudo que me la quitara, pero yo fingía estar anémico. Avancé por el pasillo moviendo la cabeza de un lado a otro como si llevara auriculares. Me detuve en la puerta de cristal del fondo del aula de Dawn para echar un vistazo. La vi girar el pelo alrededor de su dedo índice. Parecía aburrida. Se encorvó en la silla como si no pudiera esperar a que terminara la clase. No dejaba de mirar a un chico llamado Michael.

Todas las chicas sentían algo por Michael. Era uno de los chicos más altos de nuestro curso. Tenía una tez de medianoche, el pelo liso como el de los indios y unos hoyuelos muy profundos en las mejillas. Dawn estaba ahora sumida en una profunda ensoñación, y por un momento me perdí imaginando lo que estaba pensando, cómo se sentía o qué historia estaba contando en su mente. Me parecía que éramos la misma persona. A menudo sentía curiosidad por saber cómo era la vida en el mundo de Dawn.

Mis pensamientos fueron interrumpidos por el director, que se acercó a mí con las manos hundidas en los bolsillos. El Sr. Lewis era bajo y grueso, con una enorme nariz que le consumía toda la cara. Siempre llevaba un traje demasiado grande, como si se lo hubiera regalado su hermano mayor. Su corbata solía tener algunos personajes estúpidos como flamencos o patos cantores. Su aliento olía a vómito y sus labios solían estar llenos de costras. Toda su vida había sido un alumno de bajo rendimiento, una vez dijo en nuestra clase que deseaba ser abogado pero que tenía miedo de suspender el examen. Eso no era muy motivador ni inspirador. Verle me molestó al instante.

"Damien, ¿no tienes que estar en algún sitio?" Preguntó el Sr. Lewis.

"Hola, Sr. Lewis. Por supuesto, tengo que estar en clase. Mi madre me acaba de pedir que le dé algo a Dawn", mentí.

"El timbre ya ha sonado. Dámelo". El Sr. Lewis extendió la mano, esperando algo que yo no tenía.

"Bueno, era algo personal. No te preocupes, puedo dárselo a Dawn en el almuerzo", dije, ansioso por irme.

"Damien, date prisa en ir a clase", exigió.

Entré tarde a mi clase. Todo el mundo miraba hacia arriba e inmediatamente volvía a mirar hacia abajo como si yo no fuera nadie. Podía ver que la gente me miraba directamente como si fuera invisible. Me molestaba que me pasaran por alto. Quería que me reconocieran inmediatamente cada vez que entraba en una sala. El aula estaba en silencio. Me dirigí a mi asiento, golpeé mis libros sobre el escritorio y me senté bruscamente.

Sonreí para mis adentros, ya que ahora todas las miradas estaban puestas en mí. La profesora dijo algo, pero no pude oírla. La bloqueé. Estaba demasiado ocupado disfrutando de todos los ojos que me miraban. El día de clases fue largo y terrible. Después de que sonara el timbre, mientras estaba en mi casillero, vi al Sr. Lewis caminando a toda velocidad hacia mí con una mirada de fastidio. Al instante cerré el casillero y traté de salir corriendo por la puerta principal. Sin embargo, había demasiados niños amontonados para salir y no pude abrirme paso lo suficientemente rápido.

"¡Damien!" El Sr. Lewis gritó por el pasillo.

"Mierda", murmuré en voz baja. Me giré de mala gana para ver qué quería.

"Estás castigado. Has llegado tarde y has interrumpido tu clase, según la señora Armstrong. Sígueme".

"¿Desde cuándo nos castigan por llegar tarde? No puedo quedarme después. Mi mamá me espera en casa para cuidar a Dawn".

"Te castigan por ser disruptivo, no por llegar tarde. ¿Y por qué llegaste tarde? Dawn siempre es puntual". El Sr. Lewis miró su reloj de pulsera, demasiado apretado y con una banda plateada descolorida.

"Señor Lewis, yo no soy Dawn. Además, ella llega temprano porque tiene ensayo con la banda. A diferencia de la Srta. Perfecta, yo tengo tareas matutinas, y a veces pierdo la noción del tiempo", dije, mirando fijamente.

"Bueno, tal vez tenga que llamar a tu madre para discutir toda esta responsabilidad que tienes. La escuela debería ser lo más importante en tu vida. Quieres tener un buen trabajo algún día, ¿verdad?".

"No, la verdad es que no. Todo el mundo que conozco trabaja como un perro, y no tengo ningún interés en ser un animal".

"¡Eso es!", se enfadó, subiendo la voz. "Algún día aprenderás a controlar tu boca. El castigo es, ¡y no está en discusión!"

Allí estaba yo, atrapado en detención con el aliento apestoso y el traje arrugado del Sr. Lewis, junto con otros seis estudiantes que compartían mi sentencia. ¿Qué clase de director tiene tan poco que hacer en su vida que tiene tiempo para mantener la detención después de la escuela, en lugar de dejar que los profesores lo hagan? Debe haber sentido algún tipo de emoción extraña al estar a cargo de la detención.

Mientras estaba sentado en el centro de detención, lo único en lo que podía pensar era en la cena. Esperaba que mi asqueroso padre no apareciera y pidiera comida de más, que seguramente mamá le daría. Eran la comida que mi estómago a menudo anhelaba después de un largo día en la escuela. De hecho, cuanto más tarde llegaba, más pequeño era mi plato. Si no estás en tu sitio para cenar en casa de mamá, habrá un plato vacío en la mesa y te quedarás con las sobras. Mi enfado aumentó al pensar en papá comiendo el último trozo de pollo.

"¿Cuánto tiempo más?" solté.

"Damien, por eso estás castigado en primer lugar. ¿Olvidaste que ser disruptivo es inaceptable en Dobson Middle?"

"No, claro que no, señor Lewis", me burlé.

Después de otros espantosos treinta minutos, me soltaron. Volví a casa solo en la oscuridad. Atravesé el campo de fútbol de la escuela, que siempre parecía aterrador por la noche con sus gradas vacías. Estaba muy oscuro y lo único que podía ver eran mis largos calcetines beige. Quería correr, pero sabía que, si corría, sentiría que alguien me perseguía. Eso me asustó más, así que decidí caminar a toda velocidad, y nunca miré atrás. En algún momento, cerré los ojos. Los abrí ligeramente al sentir el hormigón en las suelas de mis zapatos, señal de que había llegado a la acera de mi barrio iluminado. Sin embargo, antes de poder abrir del todo los ojos, me topé con el señor

Ralph.

"Oye, jovencito", dijo, con una mirada diabólica en sus ojos. "Tienes que mirar por dónde vas antes de tropezar en la vuelta equivocada".

"Gracias por la advertencia", respondí, evitando sus ojos. "La próxima vez vigilaré mis pasos".

"No creas que no sé quién eres. Puedes engañar a todos los demás, pero yo lo sé. La cuestión es si me lo guardaré para mí".

Seguía bloqueando mi camino, una columna de sombra contra las luces de la calle. Una gota de sudor me recorrió la espalda.

"¿Guardar qué para ti?" pregunté, disimulando mi nerviosismo con una expresión indiferente.

"Me pregunto cómo se sentirán tus padres", reflexionó, rascándose la barbilla.

"Señor Ralph, no tengo ni idea de lo que está hablando. Pero antes estaba pensando en Brandon. ¿Qué le ha pasado?"

"Ya le dije a tu pequeño y estúpido trasero que nunca hubo un niño en mi casa". Me agarró del brazo.

"¡Suéltame!" Grité, llamando la atención de dos matones que estaban cerca de la esquina.

"Oye, ¿estás bien?", preguntó uno de ellos.

"Sí, estoy bien", respondí, apartando mi brazo del Sr. Ralph.

"Oye, ¿es tu hijo?", le dijo el desconocido al Sr. Ralph. "¿Por qué lo agarras así?"

"No, no es nada, jovencito. Sólo estábamos hablando. ¿Verdad, Damien?" El Sr. Ralph me miró en busca de confirmación. Lo ignoré y me alejé.

Estaba a sólo una cuadra de mi casa y me moría de hambre. No podía quitarme de la cabeza el comentario del Sr. Ralph. Dijo que conocía mi secreto. ¿Cómo podía saberlo? Mamá ni siquiera lo sabía. Probablemente sólo estaba bromeando conmigo. Es imposible que lo sepa.

Seguí paseando por el barrio. Vi el coche de papá en la entrada, y mi estómago se sintió instantáneamente enfermo.

Todos estaban riendo y bromeando en la mesa cuando entré. Dejé mi bolsa de libros en la puerta y me dirigí a la cocina. Cuando llegué a mi silla, sonó el timbre.

"Abre la puerta, Damien, antes de sentarte", dijo papá, con un tono de borracho en la voz.

"No, Jerome, yo la abro", dijo mamá, dirigiéndose a la puerta. "Damien, ya hablaremos más tarde de por qué llegas tarde".

"¡Hablemos ahora, maldita sea!" gritó papá, sus palabras fueron interrumpidas por un eructo.

"¡Jerome, déjalo!" Mamá le gritó a papá. Luego su voz cambió al saludar a alguien en la puerta. "Oh, hola, forastero. Jerome no me dijo que ibas a venir esta noche. Creo que nos queda un poco de cena".

Rápidamente hurgue en mi plato. Me alegré mucho de tener un trozo de pollo. Deseaba otro muslo. Sentí que Dawn me miraba fijamente mientras comía como un perro callejero. La miré, y ella sonrió y me dio otro trozo de pollo envuelto en una servilleta. Le devolví la sonrisa. Nunca sabía qué esperar de Dawn. Era como si sólo me quisiera a veces, o tuviera que obligarse a quererme. Clavé el tenedor en el cremoso puré de patatas e inmediatamente volví a comer.

"Hola, Ralph", dijo papá con una sonrisa falsa en la cara cuando el señor Ralph entró en nuestra cocina.

Levanté la vista de mi plato casi vacío, y no podía creer que el Sr. Ralph estuviera sentado en mi mesa con sus labios rosados y marrones de vaca, robando miradas furtivas en mi dirección. Sabía que él y papá eran amigos, pero papá nunca traía a sus amigos a casa. En realidad, no sabía mucho de las actividades de papá fuera de casa. Siempre salía a emborracharse y muchas noches no llegaba a casa. Mamá se quedaba despierta toda la noche paseando de un lado a otro como un pato perdido.

Empecé a masticar lentamente mi último bocado de comida mientras luchaba contra una creciente oleada de pánico. *¿Y si le cuenta a papá mi secreto? Papá seguramente me matará. ¿Y si me miente sobre el hecho de haberme topado con él?* Mis pensamientos eran incoherentes y caí en una profunda ensoñación.

"¿Me has oído, niño?" Dijo papá, sacándome de mis pensamientos. "He dicho que dejes la mesa. Ahora son los adultos los que hablan. Haz los deberes o algo".

Le di mi plato a mamá y caminé hacia las escaleras.

"¿Qué tal si haces algo, papá?" Murmuré en voz

baja. "Ganar algo de dinero en lugar de beber lo que gana mamá sería un comienzo". Me reí de mis propios comentarios ingeniosos.

"¿Por qué has llegado tarde?" Preguntó Dawn en cuanto llegué al último escalón.

"Tenía detención con el Sr. Lewis. ¿Me cubriste?"

"Esta vez no, Damien", susurró mientras caminaba hacia su dormitorio. "No sabía qué decir".

"Vamos, Dawn. Podrías haber dicho que tenía un club de lectura o algo así". Empecé a pasearme de un lado a otro, nervioso ante la idea de que el señor Ralph compartiera mi secreto con mamá y papá. La detención era poca cosa en comparación.

"Damien", llamó mamá, "necesito hablar contigo. Dawn, prepárate para ir a la cama. No creas que vas a estar despierta toda la noche viendo la televisión". Mi corazón se aceleró al oír la voz del Sr. Ralph en el piso de abajo.

Al llegar al pasillo, el sonido de la voz del Sr. Ralph salió a mi encuentro como una fría ráfaga de viento. "Mamá, lo que sea que él haya dicho...", empecé, pero ella me cortó.

"Él, ¿quién? Damien, te he llamado para hablar porque tengo que decirte algo". Bajó la voz a un murmullo confidencial. "No puedo decírselo a Dawn porque no podrá soportarlo".

"¿De qué se trata?" Mis manos se agitaron en los bolsillos.

"Me van a despedir y las facturas ya llevan meses de retraso. Puede que tenga que separaros a ti y a Dawn. Puede que tengas que ir a quedarte con la tía

Sheryl, y aún no sé nada de Dawn".

"¿Qué? ¿Dividirnos? ¿Por qué no puedes hacer que papá colabore? Dawn es la única persona que me quiere", solté desconcertado.

"Dawn te quiere mucho, y también papá y yo. Tu padre hace lo mejor que puede".

"Si lo mejor que puede hacer es nada, entonces sí, mamá, hace un trabajo fantástico. Tan fantástico que me envía a un pariente que apenas conozco".

"¡Cuidado con lo que dices!" Mamá apretó la mandíbula. "Papá pensó que sería mejor dejar que te adaptaras primero. Tú eres el niño, y eres el más fuerte. Dawn se desmoronará mentalmente".

"Por supuesto que papá pensó eso", dije sacudiendo amargamente la cabeza. "Bueno, mamá, estoy decepcionado. He intentado ser el hijo perfecto, pero nada de lo que hago es lo suficientemente bueno. Siento que te despidan, pero también siento que me manden de paseo. Buenas noches, mamá".

Me alejé, tarareando como si no me importara nada, antes de que ella tuviera la oportunidad de decir algo más. Me detuve y miré hacia abajo, donde vi al Sr. Ralph salir. Él captó mi mirada y sonrió.

2
CINTA AMARILLA

Me desperté tarde, vestido en pijama. Nunca usé pijamas. No recordaba habérmelo puesto. La casa estaba tranquila para ser una mañana de colegio. No oía las quejas de mamá ni el ruido de la televisión de Dawn. Había un silencio incómodo en la casa. Me senté en la cama y me estiré. Puse el pie en el suelo y mi dedo golpeó un palo de madera tachonado de clavos. Agradecí no haberme cortado. Recogí el palo, confundido. Lo miré más de cerca: parecía tener motas de sangre seca.

Todo parecía estar fuera de lugar. Puse el palo debajo de mi cama mientras buscaba en la habitación. Miré el reloj de la cómoda, que marcaba las 9:07 a.m.

Estaba muy confundido por qué mamá no me había despertado para ir a la escuela. Me dirigí al baño para cepillarme los dientes. Con los ojos medio cerrados, me golpeé con un lado de la pared. Entonces oí un chirrido procedente de la habitación de mamá.

"Mira quién se ha despertado por fin", dijo papá mientras se frotaba el pelo suelto. Salió de la habitación de mamá como si él mismo estuviera medio dormido.

"Buenos días, papá. ¿Por qué no me ha despertado mamá para ir al colegio?"

"Porque es blanda. Dijo que necesitabas un día libre para descansar y asimilar la noticia que te soltó anoche". Sonrió.

"¿Entonces no fue un sueño? ¿Realmente me van a enviar lejos?"

"No, no fue un sueño. Las cosas tienen que cambiar por aquí. Puedo decir que no me respetas, pero eso también va a cambiar". Eructó con fuerza y percibí el desagradable olor a licor rancio.

"Papá, ¿por qué me odias?" pregunté en tono suave.

"Oh, no te hagas la víctima conmigo, muchacho. Te reclamo porque eres de mi sangre, pero algo no va bien contigo. Lo sentí desde que tenías siete años".

"¿Qué podría haberte hecho a los siete años? ¿Eh? ¿Qué, papá, qué?"

"Sabes muy bien lo que hiciste. Aquel día que me caí en la cuneta sentí que alguien me empujaba. No estabas tan cerca como para empujarme, pero sé que lo hiciste de alguna manera. Entonces susurraste algo al oído de mi hermano, y él nunca ha sido el mismo. Ya ni siquiera habla. Si alguien menciona tu nombre, tiembla incontrolablemente".

"No tengo ni idea de lo que estás hablando. ¿Qué podría hacer un niño de siete años a un hombre adulto? El tío Robby ya estaba perturbado, papá. Eso no es culpa mía". Volví a entrar en el baño. Sin embargo, papá me siguió, con sus ojos oscuros y acusadores.

"Fue tu culpa. Puedo ver la maldad detrás de tus ojos. No puedes engañarme. No te alejes de mí, muchacho", levantó la voz papá mientras me agarraba del brazo.

Luché por mantener la calma en mi voz. "Papá, déjame ir".

"Dime qué has hecho", me susurró al oído mientras se inclinaba hacia mí.

"Si no me dejas ir, te enseñaré lo que le hice al tío Robby", le susurré al oído a papá.

"¡Lo sabía!", gritó mientras su gran y sólida mano me abofeteaba la cara. Me derrumbé en el suelo. Cuando me levanté de nuevo, tenía las manos en los costados y respiraba con dificultad.

"Vas a desear no haber hecho eso", dije mientras pasaba junto a él.

Papá regresó lentamente al dormitorio, mirándome sin quitarme los ojos de encima. Era tan estúpido como para pensar que yo tenía algún tipo de poder especial. Yo había estado allí el día que se cayó, y había parecido que alguien le había empujado. Pero no fui yo. Tampoco había hecho que el loco del tío Robby dejara de hablar.

De ninguna manera me iba a quedar en la casa solo con él todo el día. Me vestí para ir al colegio, sin importarme lo tarde que llegaría. Era inquietante saber que papá me había tendido una trampa para dejar a mi familia. Además, quería separarme de Dawn. Tendría que darle una lección, el descaro de ese borracho inútil de mi padre. Decidí que me ocuparía de papá más tarde; por ahora, tenía que ir a la escuela.

Una brisa fresca me acarició el cuello cuando salí. El aire se sentía pesado y mis sentidos estaban apagados. No recordaba un solo día en que me hubiera despertado sin mamá y Dawn.

El vecindario estaba tranquilo mientras caminaba por las cuadras. Casi parecía que estaba en un sueño. Me palpé la cara donde papá me había abofeteado. Estaba un poco dolorida y ligeramente magullada. Me detuve en la tienda para comprar una bolsa de Doritos ya que me había saltado el desayuno. Abrí las patatas y crucé la calle. Vi una multitud alrededor de una cinta amarilla. Una mujer lloraba contra el pecho de un tipo.

"¿Qué ha pasado?" le pregunté a una vecina entrometida mientras comía mis patatas fritas. Se llamaba señora Clara, y siempre sabía los asuntos de todo el mundo.

"¡Oh, niño, es una tragedia!", exclamó. "¡Alguien asesinó a Ralph anoche!"

"¿Qué? ¿El Sr. Ralph está muerto?"

"Dicen que alguien lo mató a golpes mientras dormía. ¿Quién haría algo así? Ralph nunca molestó a nadie". Su voz cayó en un gemido mientras una lágrima rodaba por su mejilla.

"El señor Ralph cenó anoche con mi padre", dije, con la cabeza baja como si me molestara la noticia.

La Sra. Clara se espabiló. "¿Cenar? ¿A qué hora?"

"No estoy segura. No quiero meter a mi padre en problemas".

La señora Clara señaló a un policía uniformado que estaba cerca. "¡Oficial, oficial! Por favor, venga aquí. Creo que este chico tiene información para usted".

"No, tengo que irme", dije, alejándome.

"Joven, necesito hablar con usted", me gritó el detective alto y moreno.

Me di la vuelta y esperé obedientemente a que me alcanzara.

"La señora Clara nos ha informado de que vio a Ralph Jones anoche. ¿Es eso cierto?" El bolígrafo del detective se cernía sobre su bloc de papel, dispuesto a anotar cada palabra como si fueran los Diez Mandamientos. Sus ojos eran intensos y ansiosos.

"No estoy seguro de si debo decir algo, señor. Mi padre no estará contento".

"Bueno, primero, debería presentarme. Mi nombre es Detective Ross. Estoy trabajando en este caso. Podemos llevarte a la comisaría con un padre o tutor legal, pero no te vamos a interrogar. Sólo queremos saber sobre la última vez que vio a la víctima".

"Bueno, vi al Sr. Ralph anoche para cenar. Vino

inesperadamente y mi padre no parecía muy contento. Mi padre me dijo que dejara la mesa para que los adultos pudieran hablar, así que subí a ver la televisión con mi hermana gemela, pero se quedó dormida. ¡Unos quince minutos después, oí un fuerte BOOM! Luego oí a papá y al señor Ralph discutiendo. Algo sobre dinero". Hice un gesto vago con la mano. "Poco después, vi al señor Ralph salir de nuestra casa alterado. Eso es todo lo que sé, oficial".

"Eso estuvo bien. Sólo unas pocas preguntas más. ¿Sabe a qué hora la víctima -me refiero al Sr. Ralph- salió de la casa? ¿Sabe si su padre salió de la casa anoche?"

"No estoy segura de la hora a la que el Sr. Ralph se fue; creo que alrededor de las diez. Tampoco estoy segura de la hora a la que papá volvió a salir. Sólo le oí llegar borracho a primera hora de la mañana. ¿Ahora puedo irme, por favor? Ya llego súper tarde a la escuela".

"Claro. Gracias por tu ayuda. Puede que tenga más preguntas para ti más tarde. ¿Cuál es tu dirección?"

"Por favor, no le digas a mi papá que hablé contigo", le rogué.

"No lo haré, lo prometo. Su dirección, por favor".

"Avenida Brookshire 2219", dije mientras procedía a alejarme.

Caminé hacia la escuela con una gran sonrisa en mi rostro. Aunque llegaba tarde, el día de clases aún parecía ser eterno. Después de que sonara el timbre, corrí inmediatamente a la clase de Dawn para que pudiera acompañarme a casa. Casi la pierdo debido a que el Sr. Lewis me detuvo para decir que había escuchado que llegaba tarde a la escuela otra vez. Sólo me disculpé para asegurarme de alcanzar a Dawn. Me di cuenta de que ella quería caminar con Brianna, pero vio la mirada en mi cara y supo que debía venir conmigo sin rechistar.

"¿Qué pasa ahora, Damien?", preguntó, suspirando extravagantemente.

"Tengo que contarte algo. El señor Ralph fue asesinado anoche y la policía me detuvo esta mañana".

"¿Qué? Eso es muy triste. ¿Quién lo mataría? Anoche estaba con nosotros. Sé que papá estará muy triste. El Sr. Ralph era su amigo".

"¿Oíste algo anoche?" Pregunté, mirando a Dawn a los ojos.

"No. Oh, Dios mío, eso es tan triste", dijo Dawn, limpiando una lágrima de su mejilla.

"¿Por qué lloras? No era tu amigo. De todos modos, le dije a la policía que estuvo en nuestra casa anoche. Dije que te habías quedado dormida para que no te interrogaran. Dijeron que papá y el Sr. Ralph tuvieron una discusión anoche. ¿Oíste algo?"

"No. Eso ya me lo has preguntado, Damien. Ni siquiera sé cuándo se fue. Me quedé dormida después de que mamá te llamara al pasillo. ¿Qué dijo mamá sobre que te quedaras después de la escuela otra vez?"

"Ya sabes, lo de siempre", respondí con un encogimiento de hombros desdeñoso. "Si la policía te interroga, sólo diles que estabas dormida. Sabes que siempre te protegeré".

"Pobre señor Ralph", murmuró.

Atravesamos el campo. Cuando llegamos al cemento, fue incómodo no ver al Sr. Ralph de pie en su lugar habitual. Normalmente se sentaba en una silla oxidada junto a la tienda de la esquina, donde jugaba a la lotería todo el día con los otros borrachos mayores del barrio. No echaba de menos su cara viscosa ni un ápice. Me hacía sentir incómodo. Perturbaba mi paz y me alegraba que se hubiera ido. No sentí nada por su muerte, excepto felicidad.

Dawn y yo entramos por la puerta principal y saludamos a mamá.

"Hola, bebés. Esta noche no he hecho la cena. Recibimos malas noticias hoy, y vuestro padre está triste".

"¿Qué ha pasado, mamá?" pregunté en tono de preocupación. Sentí que Dawn me miraba de reojo.

"El señor Ralph fue asesinado anoche. Intenta ser amable con tu padre; el señor Ralph era uno de sus mejores amigos. No se lo está tomando muy bien".

Dawn se sentó junto a mamá y le tendió la mano. "Damien me lo dijo después de la escuela. Lo siento mucho, mamá".

"Lo sé, cariño. Me siento mal por su familia. Damien, ¿cómo lo supiste?" Los ojos de mamá eran afilados, como el bisturí de un cirujano dispuesto a sacarme la verdad.

"Vi la cinta amarilla cuando llegaba tarde a la escuela. Me lo dijo la señora Clara". Sacudí la cabeza, fingiendo confusión. "Estuvo aquí anoche. No puedo creer que se haya ido de verdad".

"Siento que te hayas enterado de esa manera. Clara siempre está abriendo su maldita boca". Mamá suspiró. "Ralph me dijo anoche que quería hablarme de ti. Se suponía que nos encontraríamos en la tienda más tarde hoy. ¿Alguna idea de qué quería hablar?"

"No estoy segura. Tal vez iba a hablarte del programa de baloncesto que quería empezar".

"Bueno, supongo que nunca lo sabré. Ralph ya no está". Su voz se debilitó.

Nuestra conversación fue interrumpida por un fuerte golpe en la puerta.

Me dirigí a la puerta principal y dejé entrar a la policía. Los ojos del detective Ross estaban tan arrugados como su chaqueta de traje, pero había una luz aguda en sus ojos como una vela que no muestra signos de apagarse pronto. Se podía oler el tabaco y las carreras de comida rápida de medianoche que desprendía su piel color ceniza.

"¿Hay alguien más en la casa?" Preguntó el detective Ross.

"Sólo mi marido", explicó mamá. "Está arriba de duelo. Él y Ralph eran muy buenos amigos".

"Buenos amigos, ¿eh?" Se inclinó hacia la escalera y llamó a papá. "Sr. Jerome, ¿le importaría bajar para que podamos hablar con usted?"

Unos momentos después, papá bajó las escaleras arrastrando los pies.

"¿Qué pasa?"

"¿Vio a Ralph anoche? ¿Y a qué hora?"

"Sí, lo vi. De hecho, vino a cenar inesperadamente. Ya sabes que lo somos. Quiero decir que somos buenos amigos, pero fuera de la familia. ¿Sabe lo que quiero decir?"

"No, no lo sabemos", intervino la detective Ross. "¿Qué quieres decir?" "Quiero decir que salíamos y tomábamos tragos y demás, pero nunca he estado cerca de su familia, así que me sorprendió verle aparecer anoche. Sólo éramos compañeros de tragos".

"En la comisaría, llamamos a esos compañeros de bar", respondió el detective Ross. "Tipos con los que bebes pero que nunca llevarías a casa". Soltó una risa forzada.

"El problema es que este fue el último lugar donde se vio a Ralph con vida. ¿Se pelearon?"

"Bueno, detective, si Ralph murió en su cama, sabemos claramente que este no fue el último lugar donde estuvo vivo". Los hombros de papá se tensaron, las cejas se alzaron.

El detective Ross ladeó la cabeza. "¿Cómo sabe que lo encontraron en su cama? Nunca revelamos esos detalles".

Papá se encogió de hombros. "Las calles hablan. Quizá quien encontró a Ralph habló de ello. De todos modos, ¿por qué el interrogatorio?"

"Un pajarito nos dijo que se pelearon anoche", declaró Ross.

"Bueno, tu pajarito mintió, y ahora quiero que te vayas a la mierda. ¿Puede tu pajarito ayudarte con eso?" Papá se estaba poniendo rojo. Si esto seguía así, podría lanzar un puñetazo, y no había forma de que yo me perdiera eso.

"Calma, calma", advirtió el detective Ross. "Podría meterte en problemas, si no tienes cuidado". Se dirigió hacia la puerta, ensombrecido por su compañero. "Volveremos. Que tenga un buen día, Sr. Jerome. Gracias a todos por su colaboración". Se puso el sombrero y salió de la casa.

"Qué cara tienen esos policías de pacotilla que vienen a decir esas tonterías", maldijo papá. "¿Quién los dejó entrar?"

"Todo lo que hice fue abrir la puerta", confesé.

"Estoy seguro de que lo hiciste. No me sorprende". Se volvió hacia mamá. "Cariño, ¿me puedes dar veinte dólares para que pueda tomar algo? Te lo devolveré el viernes".

"Jerome, no necesitas un trago. ¿Por qué crees que te han interrogado así? ¿Saliste anoche?"

"No me digas lo que necesito. Me acaban de interrogar los malditos policías, ¿y ahora me interrogan a mí? Me acosté en el sofá. Escuché a alguien salir, pero no era yo". Papá me miró.

"Toma, coge el dinero". Mamá puso un billete de veinte dólares en la mano de papá. "Ve a emborracharte si quieres. No me importa".

Papá salió dando un portazo. Hubo un silencio incómodo en la habitación. La mención del detective Ross al pajarito me había puesto nervioso. Había pensado que me iba a delatar. Que papá no cooperara con la policía no tenía buena pinta. Le hacía parecer culpable.

Mamá nos dijo que saliéramos un rato. Nos dijo que necesitaba tiempo para sí misma. Era una mujer hermosa, pero últimamente se había dejado llevar. Llevaba el pelo en la misma coleta desde hacía al menos una semana. Estaba de pie con su cuerpo perfectamente formado diciendo algo, pero yo no podía oírla. La miré a los ojos estresados y me di cuenta de que estaba cansada de que papá la utilizara.

Papá no siempre había sido un borracho. Solía ser el tipo más hábil de los alrededores, por lo que nos habían dicho. Su rostro apuesto llamaba mucho la atención de las mujeres. Las mujeres que coqueteaban con papá siempre nos molestaban a Dawn y a mí. Coqueteaban constantemente cuando mamá no estaba, pero no respetaban a sus hijos. Parecía que cuanto más empezaba a beber papá, más me odiaba. Sólo a mí. Él amaba a Dawn. Pensaba que ella era la cosa más perfecta creada. No podía hacer nada malo, y ella lo tenía atado a su dedo meñique.

Salí, como dijo mamá, y me encontré perdido. Siempre me resultaba difícil encontrar mi lugar cuando salía. Era bastante popular, pero no tenía muchos amigos. Dawn era mi única amiga de verdad, y nos estábamos distanciando. Yo era muy diferente a los otros niños. En el momento en que hacían algo que no me gustaba, quería matarlos. No sólo pelear con ellos, quería que murieran. A cualquiera que me hiciera daño, quería hacerle mucho daño. Era difícil controlar mis pensamientos. A veces, ni siquiera sabía si eran mis pensamientos.

Dos semanas más tarde, estaba preparando un

sándwich de carne para el almuerzo en la cocina, y escuché un fuerte golpe en la puerta. Mamá dejó entrar al departamento de policía de Detroit. Tenían una orden de arresto para papá. Fue uno de los días más felices de mi vida. Mi plan había funcionado. Papá iba a ir a la cárcel. Lo había incriminado con éxito.

No pasó mucho tiempo antes de que sacaran a papá de la habitación. Tenía las manos en la espalda y bajó los escalones pateando y gritando como un niño de dos años. Sentí tanta alegría en mi interior que me resultaba difícil fingir que estaba molesto. Papá parecía enfadado y confuso. Sabía que el hecho de que papá se fuera no me molestaría en absoluto. No pagaba nada, no cocinaba y nunca ayudaba a mamá en la casa. No había nada que extrañar.

"¡Déjalo ir!" Mamá gritó, agarrando a uno de los oficiales. "¡No ha hecho nada!"

"Cálmese, señora", dijo el agente, sujetando a mamá para que el detective Ross pudiera acompañar a papá hasta la puerta. "Papá, ¿por qué te llevan?" preguntó Dawn, corriendo detrás de papá con lágrimas en los ojos. "¿Qué ha pasado?"

"No pasa nada, cariño, todo se aclarará", respondió papá mientras el detective se apartaba para conversar con otro agente. Dawn corrió a abrazar a papá y se puso de rodillas. Me puse al otro lado de Dawn y también abracé a papá.

"Supongo que, después de todo, no seré yo quien sea expulsado", susurré lo suficientemente alto como para que papá me oyera. El detective Ross lo sacó de la casa. Gritó comentarios diabólicos sobre mí, y yo fingí llorar mientras me despedía en secreto.

"No entiendo", dijo mamá, confundida. "¿Por qué le detienen? ¿Por qué tu padre habla de matarte, Damien?"

"Mamá, no lo sé. Sabes que papá me odia. Probablemente dijo eso porque le dije al detective Ross que el señor Ralph había cenado con nosotros esa noche".

"¿Por qué demonios le dijiste eso?" Mamá gritó.

"¡Es la verdad! No es que haya dicho que él mató al hombre. ¿Querías que mintiera a la policía?"

"Por supuesto que no. ¿Qué más les dijiste?"

"¡Nada! Debieron encontrar alguna prueba o algo para encerrarlo".

"No encontraron una mierda. Siempre están dispuestos a encerrar a un negro. No les eches nunca una mano. La próxima vez que la policía te interrogue sobre algo, les dices que eres un niño y que llamen a tu madre". La voz de mamá era severa, sus ojos intensos.

"¿Todavía me obligas a irme la semana que viene? Mamá, no quiero irme. Esta es mi familia también".

"No puedo hablar de eso ahora mismo. Ni siquiera puedo pensar". Se llevó una mano cansada a la frente.

"¿Irse? ¿A dónde va?" Dijo Dawn finalmente cuando pudo estabilizar su voz.

"¡He dicho que ahora no!" gritó mamá.

Papá me dijo una vez que era malvado. Tal vez tenía razón. No me sentía malvado, pero sí vengativo. No podía dejar que nadie se saliera con la suya, y él tenía que pagar por esa bofetada. Hacer que arresten a papá por asesinato puede parecer duro para algunas personas, pero es el castigo perfecto a mis ojos. Es mejor que matarlo, lo que se me pasó por la cabeza con bastante frecuencia. Él no merecía ser parte de esta familia. Era un cabeza de chorlito, quebrado y borracho. Mamá no podía ver lo que era mejor para ella. Tal vez ahora podría ser una madre de nuevo.

3
DOS DE LO MISMO

Me quedé junto a Dawn mientras dormía plácidamente, observando el movimiento de sus labios mientras rechinaba los dientes. Me sorprendía cómo podíamos tener la misma cara. A menudo me preguntaba cuán diferente habría sido mi vida si yo hubiera sido la chica. Parecía que las chicas lo tenían más fácil. Bueno, al menos en mi casa lo parecía.

Le aparté ligeramente el pelo de la cara mientras roncaba. Miré detrás de sus orejas y observé sus piercings. Me pregunté si le había dolido que le perforaran las orejas. Tomé mi dedo y empujé ligeramente el pelo de sus cejas hacia su lugar. Se movió un poco, pero no abrió los ojos.

Oí a mi madre subiendo los escalones como una

niña de cuatro años que desea atención. Sonreí al pensar que papá se estaba pudriendo por asesinato. Me aseguré de no hacer ruido mientras escuchaba los sonidos de mamá instalándose en su habitación.

Esa misma noche, después de que arrestaran a papá, mamá me había enviado a casa de Mark. Supongo que la idea de mirarme, después de escuchar todas las mentiras que papá gritó sobre mí, había sido demasiado para ella. Mark era un chico más joven con el que mamá pensó que yo querría jugar. Como si yo quisiera jugar a los trece años.

Mark tenía unos diez años, pero maduraba lentamente, o tal vez yo era demasiado maduro a los trece. En cualquier caso, era demasiado mayor para las fiestas de pijamas, pero decidí ir de todos modos. La casa de Mark sería mi coartada.

Esa mañana temprano, me colé en mi casa para hacer lo que había estado esperando hacer desde siempre. Nunca más Dawn tendría algo que yo no tuviera. Realmente sentía que los gemelos debían ser iguales.

Esperé pacientemente a que mamá cerrara la puerta de su habitación. Entonces saqué un par de tijeras negras de mi espalda y me incliné sobre el cuerpo roncador de Dawn. Levanté la parte posterior de su cabello y realicé mi primer corte. Pensé en limpiar el pelo que caía, pero recordé que un extraño no limpiaría el pelo cortado. Observé cómo el pelo caía impotente al suelo mientras seguía cortando. Le corté el pelo de forma rápida y descuidada, como mamá cortaba las cebollas para la cena.

Me escabullí de nuevo por la ventana y volví a la casa de Mark. Para mi alivio, todavía estaba dormido. Me había asegurado de jugar al juego de "quién puede quedarse despierto más tiempo", así que seguro que estaría noqueado cuando me fuera.

Subí lentamente la escalera que llevaba a su litera superior. Con cada paso, subía más y más suave. Acolché la almohada plana y me quedé dormido.

"¿Qué haces aquí?" le pregunté al Sr. Ralph mientras me acercaba a él. "¡Pensé que habías muerto!"

"¿Quieres decir que me han asesinado?" respondió el Sr. Ralph, con una mirada maligna en su rostro más delgado de lo habitual. "¿O te has olvidado, Damien?"

" ¿Por qué estás aquí? Pensé que yo..."

"¿Pensaste que qué? ¿Que me habías matado? ¡No moriré hasta que confieses!"

"¿Confesar qué? Yo no te he matado. Pero me alegro de que te hayas ido".

"Me alegro de que seas honesto. Ahora puedes alegrarte de morir también". El Sr. Ralph sacó una pistola.

Mi pesadilla fue interrumpida por la madre de Mark gritando para que nos despertáramos. Miré el reloj y me di cuenta de que sólo había dormido una hora. La madre de Mark era aún más molesta que mamá por la mañana.

"Damien, tu madre llamó molesta y te pidió que por favor volvieras a casa de inmediato", me informó la madre de Mark.

"¿Volver a casa para qué? Quería salir con Mark

hoy". Mi voz era triste y desconcertada, pero mi corazón se aceleró al recordar la visión del pelo de Dawn esparcido por el suelo.

"No estoy segura, Damien, pero lávate la cara y vete a casa. Podemos tenerte otro día".

Mark se sentó en silencio en el extremo de la cama, con los ojos llenos de costras. Me dirigí a casa con la ropa con la que había dormido la noche anterior. En cuanto abrí la puerta, oí gritos. No eran los gritos habituales que hacía mamá para que limpiáramos la casa o nos despertáramos para ir a la escuela, sino que eran fuertes e insoportables. Oí gritos de dolor con cada grito. Me dio mucho placer por dentro.

Cerré la puerta delantera tras de mí. "¡Mamá! ¿Qué pasa? ¿Por qué grita Dawn?"

"¡Damien, sube aquí AHORA!" Gritó mamá.

"¿Por qué tuve que dejar la casa de Mark?" Grité subiendo los escalones, intentando cambiar de tema, como si no supiera lo que me esperaba arriba.

" Sube, muchacho, y deja de replicar".
Al entrar en la habitación de Dawn, me limpié la cara de toda emoción.

"¿Volviste a casa anoche?" preguntó mamá, mirándome a la cara. Mi corazón latía con fuerza mientras el miedo y la ansiedad se apoderaban de mí. Por una fracción de segundo, me pregunté si me había visto anoche o me había oído antes de cerrar la puerta de su habitación. Sin embargo, no tuve más remedio que seguir con mi plan original.

"No, mamá. ¿Por qué iba a volver? Me quedé

despierto toda la noche con Mark. ¿Puede alguien decirme, por favor, qué está pasando?"

"Voy a llamar a Mark porque algo no me parece bien. Date la vuelta, Dawn, enséñale a tu hermano". Mamá cogió el teléfono inalámbrico para llamar a casa de Mark.

"No, no quiero que nadie me vea", gritó Dawn.

"Niña Danny", dije suavemente, "puedes darte la vuelta. Soy tu gemelo. Somos exactamente iguales. Sea lo que sea, seguro que no es tan malo". Caminé hacia Dawn.

"¡Sí es tan grave!" gritó Dawn mientras se giraba para mirarme.

Fingí estar sorprendido. "¿Qué ha pasado? ¿Quién demonios te ha cortado el pelo así?".

"¡No lo sé! No lo sé. ¡Me acabo de despertar así!", gritó.

"¿Acabas de maldecir, chico?" me preguntó mamá mientras se llevaba el teléfono a la oreja. "Hola-sí, hola, Karen. Siento mucho lo alterada que estaba esta mañana. Ha sido un día infernal hasta ahora. Por casualidad, ¿has visto a Damien salir anoche o esta mañana temprano?"

"Chica, dudo que se fuera, pero para ser sincera, me quedé dormida sobre las diez, y los chicos seguían despiertos", le dijo Karen a mamá. "¡Mark, ven aquí!" gritó Karen para llamar a Mark al teléfono. "Toma, habla con la mamá de Damien", dijo mientras le entregaba el teléfono.

"Hola, Mark. Sólo quería saber qué pasó anoche. ¿Damien y tú os escapasteis? ¿A qué hora os acostasteis los dos?". Mamá me miró directamente a los ojos con una mirada de enfado y frustración mientras interrogaba a Mark.

"¡Nos divertimos mucho! Fingimos que estábamos en la base del ejército y que teníamos que vigilar la base. Veíamos la lucha libre y nos desafiábamos a ver quién se quedaba despierto más tiempo. Nos quedamos despiertos toda la noche, y el sol ya casi había salido". Mark hizo una pausa mientras recuperaba el aliento.

"Hmm, hmmm. Te escucho". Mamá golpeó los pies con impaciencia.

Mark continuó. "Me quedé dormido primero, y Damien me puso Ketchup por todo el cuerpo como castigo por haberme desmayado. Damien me enseñó a sacar las pilas del detector de humo y a ponerlas en mis walkie-talkies. Si estamos en problemas, podemos volver a poner las pilas".

"Parece que habéis tenido una noche divertida. ¿Seguro que Damien y tú os quedasteis toda la noche juntos?" Mamá sonaba decepcionada.

"Sí, seguro. ¿Puede volver esta noche?" preguntó Mark con entusiasmo.

"Esta noche no, pero tal vez otra noche. Gracias por tu ayuda; dile a tu madre que la llamaré más tarde". Mamá tiró el teléfono sobre la cama.

"¡Odio vivir aquí!" Grité. "No puedo creer que realmente pensaras que podía hacer algo así". Señalé el cabello arruinado de Dawn.

"Lo siento, Damien. También siento que te haya pasado esto, Dawn". Mamá miró a Dawn con ojos de lástima. "No puedo imaginar quién haría algo así. ¿Quién entraría en nuestra casa en mitad de la noche y le cortaría el pelo a Dawn? Ella nunca molesta a nadie. Todo se ha ido al infierno desde..." Se detuvo a mitad de la frase.

"¿Desde qué, mamá?" dijo Dawn, su voz era poco más que un gemido. "¿Desde que papá se fue?"

"No, desde que le mentí a Damien. Es hora de que confiese. Damien, aquella noche en el pasillo en la que te dije que me habían despedido del trabajo y que tenías que irte este verano para facilitar las cosas, fue una mentira. Me ha estado consumiendo. Rezo para que me perdones y podamos arreglar nuestra familia". Mamá agachó la cabeza.

"¿Mentiste sobre la pérdida de tu trabajo? ¿Sólo para deshacerte de mí?" Inmediatamente me puse en modo víctima.

"Nunca quise deshacerme de ti, Damien. Papá sólo expresó algunas preocupaciones, y quería ver cómo se sentiría la casa sin ti antes de que fuéramos a buscarte ayuda. Papá tenía esas horribles pesadillas, y tú siempre estabas en ellas. Creo que lo volvió un poco loco. Empezó a pensar que estabas poseído, y estaba completamente convencido de que le habías hecho algo al tío Robby. Le dije una y otra vez que era imposible que hicieras que el tío Robby se volviera loco. Siento mucho no haber hablado contigo de todo esto, Damien. Es difícil sacar el tema, ¿sabes?"

"No, no lo sé, mamá. ¿Cómo podría ser mi culpa que papá tuviera pesadillas? ¿Qué clase de ayuda crees que necesito? Tengo buenas notas, no tan buenas como las de Dawn, pero son bastante buenas. Hago todas mis tareas, tengo la habitación más limpia de la casa, me mantengo bien arreglado y nunca pido nada. ¿Qué podría hacerte pensar que necesito ayuda mental?"

"No lo sé, Damien. Papá estaba convencido. Hablaba tanto de ello que quizá empecé a creerlo. Eres un buen chico en general. A veces suceden cosas extrañas en tu presencia. No puedo poner mi dedo en la llaga. De todos modos, somos una familia, y somos todo lo que tenemos. Siento haber dudado de ti o incluso haber considerado separaros a ti y a Dawn. ¿Me perdonas?" Mamá extendió la mano para consolarse.

"Dawn, te ayudaré a hacer algo con tu pelo", dije, volviéndome hacia Dawn e ignorando por completo a mamá. "Deja de llorar. Sabes que cuando lloras, también me duele el corazón".

Salí lentamente de la habitación y miré a mamá, que volvía a agachar la cabeza. No sentí nada por ella. Tuvo suerte de que no le cortara también su pequeña cabellera. ¿Cómo se atreve a tratar de echarme? Si no hubiera estado tan cansado por haberme quedado despierto anoche, habría encontrado algo malo que hacerle en ese momento. Será mejor que se despierte y me haga unas putas galletas. En cuanto a Dawn, oh, cómo quería a mi chica Danny. Siento que haya tenido que pagar el precio con su pelo, pero ella no debería tener nada que yo no tenga. Somos uno. Somos dos de lo mismo.

Me dirigí a mi habitación en silencio, buscando en mi alma una pizca de remordimiento por haber destrozado el pelo de Dawn. No sólo no sentí nada, sino que la idea me pareció divertida. Me reí a carcajadas, con un sonido odioso y atormentado. Cuanto más me reía, mejor me sentía.

Oí que alguien caminaba por el pasillo y se paraba en mi puerta. Esperaba que no fuera Dawn. No quería que pensara que me burlaría de ella en un momento así. Seguí riendo mientras caminaba lentamente hacia la puerta. En lugar de preguntar quién estaba allí, abrí la puerta rápidamente. Mamá entró de golpe en mi habitación, ya sin el apoyo de la puerta contra la que había estado presionando la oreja.

"¿Puedo ayudarte, mamá?" pregunté con calma.

"No, sólo pasaba por aquí y me detuve para asegurarme de que estabas bien", respondió mamá, evitando mis ojos.

"Mamá, sé que me has oído reír. No te creas lo que te ha dicho papá. No estoy poseído. No tienes que tener miedo de mí".

"¿Por qué te reías así?", preguntó finalmente.
"No quiero seguir hablando de ello. No puedo olvidar que mentiste para librarte de mí. Por esta noche, me voy a la cama. Nos vemos en el desayuno". Cerré suavemente la puerta en la cara de mamá, que se quedó aturdida.

4

UN AMOR DE MADRE

"¿Cómo es que no te mueres?" Le grité al Sr. Ralph. "¡Saco de mierda flaco!" Su cara estaba medio ida, su cuerpo se estaba pudriendo.

"¡Confiesa, chico! Tal vez puedas tener una vida decente. ¡No me iré hasta que digas la verdad!" Se acercó a mí, cuchillo en mano.

"¿Por qué estás aquí? Deberías estar feliz de que tu inútil vida haya terminado. Todo lo que hiciste fue beber".

"Deberías ser más amable conmigo. Todavía sé tu secreto, y ahora tienes dos secretos desde que me estoy pudriendo bajo el hormigón". El Sr. Ralph se rio incontrolablemente.

"¡Vete! ¡Vete! ¡Vete!" Grité mientras daba vueltas en la cama.

Me desperté sudando. Tenía la ropa empapada y la cabeza caliente. Me senté en la cama y me quité la camiseta. Mis pesadillas estaban empeorando. Olfateé el aire y sentí el olor de las galletas caseras de suero de leche, justo el tipo de desayuno que me gustaba.

Mamá sabía que era mejor hacer lo que yo decía.

"¡Mamá está haciendo galletas de suero de leche!" gritó Dawn en mi habitación mientras bajaba alegremente los escalones de dos en dos. "¡Más vale que te des prisa antes de que me las coma todas!"

"Huele tan bien aquí", dije mientras entraba en la cocina.

"Gracias, Damien", dijo mamá. "Me alegra ver que me hablas de nuevo. No sé qué me pasó. Tuve esta fuerte necesidad de hacer galletas de suero de leche, y sé que son las favoritas de todos ustedes". Cogió el guante del horno. Había hecho tres ollas de galletas, y la harina en su delantal atestiguaba el trabajo que había hecho.

"Somos familia, ¿verdad?" Respondí. "Eso es lo que dijiste. Siguen sin gustarme las teorías tuyas y de papá sobre mí, pero por ahora, somos familia". Miré a Dawn, que se veía ridícula con su pelo cortado. Había tratado de peinarlo hacia un lado. Era una imagen horrible. Me reí en voz baja mientras cogía la mantequilla y la comía.

Me senté en el salón después del desayuno. Cada vez que papá llamaba desde la cárcel, le colgaba o respondía sólo para molestarlo. Dawn adoraba el suelo que pisaba papá, y mamá también. Oí sonar el teléfono, así que lo cogí cerca del comedor y arrastré el teléfono con el largo cable hasta el sofá.

"¡Hola!" Contesté.

"Tiene una llamada a cobro revertido de 'Jerome Scott'", dijo la operadora. "Si desea aceptar esta llamada, pulse el uno".

"Quienquiera que haya cogido el teléfono puede colgar ahora", gritó mamá por las escaleras mientras pulsaba el uno para aceptar la llamada. "Ya lo tengo". Fingí que colgaba el teléfono mientras echaba los pies hacia atrás, ansioso por escuchar lo que papá tenía que decir.

"Hola, cariño", dijo papá con una voz profunda y seductora a mamá. "Te echo mucho de menos. ¿Adivina qué?" Dijo papá con entusiasmo.

"Espero que sean buenas noticias", respondió mamá con ansiedad.

"Los temblores han cesado. Creo que todo el alcohol está fuera de mi sistema". Papá se puso de pie contra la pared de la cárcel con una pierna apoyada en la pared y la otra colocada en el suelo de cemento.

"¡Oh, bebé, ¡eso es una gran noticia! Espero que no vuelvas a coger esa botella".

"No te preocupes, nena, he aprendido la lección. ¿Has hablado con el abogado esta semana?"

"Dijo que necesita doscientos dólares más antes de representarte. No sé de dónde van a salir; ya he vaciado mis ahorros".

La voz de papá se endureció. "¿Has intentado

hablar con esa *cosa* que vive en nuestra casa? ¿Te dije que las pesadillas cesaron desde que me alejé de él?"

"Jerome, él no es una cosa. Es nuestro hijo. Hablé con él, y su historia es consistente. Dijo que nunca haría que te arrestaran. ¿Por qué la policía creería a un niño, de todos modos?"

"¡No sé por qué! Ese pequeño hijo de..."

"¡Cálmate, ahora!" Ella suspiró en el silencio. "Quería decirte algo, pero ya pareces molesto, así que no importa".

"No, dime. Ya estoy tranquilo. Es que me estoy pudriendo en la cárcel por algo que no hice. A veces no puedo controlar mi temperamento". Papá se paseó, sosteniendo agresivamente el teléfono.

"Bueno, han pasado cosas extrañas. Alguien le cortó el pelo a Dawn en medio de la noche, y esta mañana me sentí poseída. Sentí como si alguien me obligara a levantarme al amanecer y hacer galletas. No puedo explicarlo".

"¡Es ese chico!" gritó papá; su voz era tan aguda que me estremeció al apartar el auricular de mi oído. "¡Sácalo de ahí! Sabes muy bien quién le cortó el pelo". La voz de papá bajó. "Mi preciosa niña. ¿Está bien? ¿Y si la mata? ¿O a ti? Su rabia está creciendo, Sandy. Será mejor que..."

De repente la línea se cortó. "Jerome, ¿sigues ahí?" Mamá gritó en el teléfono.

"¡Mamá! ¿Está todo bien?" Grité arriba mientras

sostenía unas tijeras de jardín a mi espalda.

"No, el teléfono acaba de morir mientras hablaba con papá. ¿Has oído algo?"

"No, mamá. Sólo estoy sentado en el sofá viendo la televisión. Dawn está fuera con sus estúpidos amigos". Volví a meter las tijeras en el cajón de la cocina.

"Quizá esté pasando algo con las líneas telefónicas. Estoy segura de que se arreglará pronto. Estoy un poco cansada, Damien. Me he levantado tan temprano esta mañana que me voy a echar una siesta. Vigila a tu hermana". Sus palabras fueron interrumpidas por el ruido de la puerta de su habitación al cerrarse.

Me miré en el espejo del pasillo que estaba cerca de nuestros escalones y me di cuenta de que mi pelo parecía áspero. Despreciaba tener un aspecto desaliñado. Cogí el cepillo del bolsillo trasero y tarareé mientras me cepillaba el pelo durante unos quince minutos hasta que sentí que cada mechón estaba en su sitio. Tiré el cepillo junto a una foto familiar que estaba sobre una mesa debajo del espejo. Subí lentamente los escalones, tarareando.

Abrí silenciosamente la puerta de mamá. Estaba debajo de la cama con las dos manos juntas, rezando en un extraño tono de canto. Sus palabras parecían un galimatías y, por una vez, me preocupé de verdad. Cerré la puerta del dormitorio en silencio y volví a tararear mientras bajaba lentamente los escalones.

Cogí mi cepillo y me acerqué a la ventana. Dawn

estaba sentada fuera con su mejor amiga, Brianna. No me gustaba lo unidas que estaban, y ya era hora de que hiciera algo al respecto. Observé cómo Dawn le decía a Brianna lo que tenía que hacer. Dawn era tranquila, pero también tenía un lado mandón que los demás rara vez veían. Brianna y Dawn eran la noche y el día. Nunca entendí qué tenían en común. Envidiaba la amistad que compartían. Yo también quería a Brianna de alguna manera. Mi único amigo de verdad, Brandon o como sea su nombre real, había desaparecido hacía años.

Trece años es una edad tan incómoda. Estaba madurando rápidamente. Tenía ganas de tener sexo, y ser un niño era cada día menos divertido. Hablé con Dawn sobre el sexo, y ella pensó que era asqueroso. Esperaba tener el tipo de relación con papá que nos permitiera hablar de sexo, pero eso nunca ocurriría.

Mis pensamientos fueron interrumpidos por el portazo de la puerta principal.

"Damien, ¿por qué nos mirabas desde la ventana como un bicho raro?" Preguntó Dawn, con una mirada de asco en sus ojos mientras se quitaba los zapatos.

"¿Un bicho raro? Sólo estaba pensando en tener sexo con tu mejor amiga", solté.

"Damien, déjala en paz. No te metas con Brianna. Ella no se merece quedar atrapada en lo que sea que tengas en esa mente enferma tuya".

"Mírate, hablando mal. No la pequeña Srta. Dawn. No la chica que no hace nada malo. ¿Por qué quieres tirártela? Ustedes dos son muy cercanas".

Ella hizo una cara. "Qué asco. Damien, sabes que odio ese rollo gay. Es un pecado. Papá dijo que toda la gente así arderá para siempre".

"¿Arder para siempre? Papá siempre habla de que algo es pecado. No ha ido a la iglesia ni un solo día en su vida. Olvídate de papá. ¿Qué te parece?" Le quité la lengüeta a una lata de refresco.

"¡Creo que es contra la humanidad! Estoy de acuerdo con papá. Me hace sentir rara. No vuelvas a decirme cosas así". Puso los ojos en blanco disimuladamente.

"Creo que cómo vive la gente no es asunto tuyo ni de papá, y papá no debería juzgar de todos modos, por la forma en que jode a todo el mundo en el barrio. ¿No es eso también un pecado?"

"De acuerdo, Damien. No voy a jugar a estos juegos contigo. Papá coquetea mucho, pero no se acuesta con esas mujeres. Por favor, deja a Brianna en paz". Dawn se dirigió hacia los escalones.

"La dejaré en paz después de follármela", murmuré en voz baja.

Una vez que el impulso de romper la amistad de Dawn con Brianna entró en mi mente, no hubo nada que no hiciera para lograr mi objetivo. Tenía una extraña obsesión con Dawn; la quería toda para mí, pero no la soportaba. La envidiaba. Ella era todo lo que yo no era, pero me pertenecía y pronto, Brianna también lo haría. Dawn no podía negarme y no podía elegir odiarme, sería como odiarse a sí misma.

Mamá había dicho que éramos unos gemelos únicos, y los médicos nunca habían visto nada parecido. Todas las ecografías, los latidos del corazón y los resultados de las pruebas de laboratorio sólo habían mostrado un feto. Cuando mamá nos empujó, Dawn salió primero y el médico anunció: "¡Es una niña preciosa!". Las enfermeras informaron a mamá de que tendría que empujar de nuevo para que saliera la placenta. Empujó y salí yo. Anunciaron: "Vaya, es otro bebé".

Allí estaba yo, con frío, llorando y sin querer. Mamá ya tenía a su preciosa niña en brazos, y le costó un esfuerzo considerable coger a otro bebé. Más tarde, mamá dijo que estaba confundida cuando me pusieron en su otro brazo. Miró a dos gemelos extrañamente idénticos. No podía distinguir quién era la niña y quién el niño. Yo tenía un lunar en la cara, lo que la ayudó a distinguirnos.

Mamá siempre se quejaba de que papá llegó tarde y se perdió nuestro nacimiento. Cuando entró en la habitación del hospital, se sorprendió al ver a mamá con dos bebés en brazos. Preguntó: "¿Cuál nació antes? Ese es el que sostendré primero". Cogió a Dawn y se enamoró. Nunca volvió a coger al otro bebé, lo que supuso el comienzo de nuestra desconectada y tóxica relación. Ese fue el comienzo de que yo fuera un marginado. Todo era rosa, y nada era azul.

El nombre de Dawn fue cuidadosamente elegido

meses antes de su llegada. Mamá se dio cuenta de que uno de los enfermeros se llamaba Damien, y me pusieron su nombre. La mejor parte de la historia de mamá es el final. Dijo que, aunque papá sólo sostenía a Dawn, cuando se sentó a mi lado, Dawn extendió su pequeño brazo de un día hacia mí. Mamá nos acercó y nos dimos la mano. Dawn es la única que se ha preocupado por mí desde el primer día, y no puedo permitir que nadie me la quite. Así que debo acabar con su amistad con Brianna; están demasiado unidas.

Cuando estaba en la ventana observándolas, vi que Dawn extendía el brazo hacia Brianna. Ver a Dawn alcanzar la mano de otra persona desencadenó unos intensos celos en mi interior. Ese momento sería su perdición. Mi obsesión por acercarme a Brianna creció. Pensaba en ella, día y noche. Fantaseaba con su olor, su sonrisa, incluso con su cuerpo. Sabía que para romper realmente su amistad, tendría que hacer lo impensable. Yo estaba preparado, pero ellos no.

5
UN AMOR PLATÓNICO

"¡Por favor, no!" Grité mientras el Sr. Ralph se cernía sobre mí, sosteniendo un palo de madera tachonado de clavos. "¡Para! No lo hagas".

"¿Que no haga qué, Damien? ¿Que no te descuartice, como lo hiciste conmigo? ¿Mi cara se ve bonita, Damien? ¡Mira mis profundas cicatrices!" El Sr. Ralph levantó su mano para golpear el palo en mi cara.

"¡Ni siquiera recuerdo haberte matado!" solté mientras daba vueltas en la cama.

"Qué conveniente para ti olvidar lo que me hiciste".

"¿No has olvidado lo que le hiciste a Brandon? Por favor, deja que me levante".

"¿Dejar que te levantes? ¿Me dejaste levantarme cuando estaba gritando? En cuanto a Brandon, no le hice nada a ese chico".

"¡Mentiroso! ¿Cómo se llamaba? ¿Puedes al menos decírmelo

antes de matarme?"

"¡Damien! ¡Damien! ¡Damien!" El Sr. Ralph gritó.

Damien, muchacho, ¿me oyes?" La voz de mamá resonó, despertándome de mi pesadilla.

"¡Ya voy, mamá!" grité mientras me incorporaba, secándome el sudor de la frente. Estaba muy contento de que mamá me hubiera despertado. Esas pesadillas estaban empezando a molestarme de verdad.

"¿Dijiste algo sobre matar?", preguntó ella, levantando las cejas.

"No, mamá. ¿Por qué tengo que ir a visitar a papá? Sabes que no quiere verme".

"Vamos a ir todos en familia, así que vístete. Ahora vuelvo a tener el control. No estoy segura de lo que ha estado pasando por aquí últimamente, pero hoy se acaba".

"¿Qué quieres decir, mamá?" Pregunté, poniendo cara de desconcierto mientras me estiraba.

"Me refiero a toda esta mierda extraña que ha estado sucediendo", dijo, cepillando su cabello en mi puerta. "Yo actuando con miedo en mi propia casa. Y tú corriendo por aquí riendo como un psicópata no ayuda. La gente cortando el pelo de Dawn y esa mierda. ¡Eso es lo que quiero decir!"

"A mí me parece una mierda de familia normal", dije, riendo mientras me levantaba para ir al baño.

"Bueno, esto no es una maldita película de toda la vida. Después de vestirte, ve a buscar a Dawn a la casa de Brianna".

Brianna vivía en una casa tipo rancho a pocas cuadras de nosotros. Su casa era bonita y moderna, a diferencia de nuestra vieja y anticuada casa. Lo único que no me gustaba de su casa era que no había escalones. Todo estaba en un solo nivel.

Llamé a la puerta, pero nadie respondió. Me dirigí al lateral de la casa, donde me asomé a la ventana y vi a Dawn y Brianna bailando juntas frente a un espejo de pie.

La habitación de Brianna era asquerosamente rosa, lo que me pareció inmaduro para una estudiante de secundaria. Era hija única, así que parecía que tenía todas las cosas posibles que una chica querría. Ahora entendía por qué a Dawn le gustaba tanto estar allí.

La música sonaba a todo volumen mientras las chicas bailaban y reían. Brianna era la más alta de las dos, de piel clara y con pecas marrones alrededor de la nariz. Tenía el cuerpo de una mujer adulta, a diferencia del cuerpo plano y juvenil de Dawn. Brianna parecía mucho mayor que su edad, y eso la hacía parecer a menudo torpe y fuera de lugar.

Volví a llamar a la puerta con más fuerza que antes.

"Oh, hola, Damien", dijo la madre de Brianna al

abrir la puerta. "Las chicas están en la parte de atrás, haciendo Dios sabe qué. Puedes ir a buscar a tu hermana". Un pecho de gran tamaño asomaba por su bata. Algo en ella me molestaba. No sé si era su gran pecho o el hecho de que siempre llegaba a la puerta a medio vestir.

"Aquí huele bien", dije mientras me dirigía a la habitación de Brianna.

"Gracias, Damien. Sólo estoy cocinando una cosita".

Dawn pareció sorprendida y molesta al verme. Brianna, sin embargo, me sonrió. Decidí que tal vez era hora de que la persiguiera más; de esa manera, podría lograr fácilmente mi objetivo.

Miré en su habitación. Cogí su joyero rosa y miré dentro.

"Deja sus cosas, Damien", dijo Dawn. "En fin, ¿por qué estás aquí?

"No me digas lo que tengo que hacer. He venido a ver a Brianna, no a ti". Volví a lanzar el joyero sobre el escritorio rosa de Brianna.

"¿Estás aquí para verme?" preguntó Brianna, con una mirada confusa pero coqueta.

"Sí, quiero que te reúnas conmigo más tarde. Te daré los detalles cuando no haya *nadie* cerca". Incliné la cabeza en dirección a Dawn.

"Estará ocupada más tarde", afirmó Dawn en voz

alta.

"Chica, no, no lo estaré", dijo Brianna con curiosidad. "Puedo quedar con Damien, pero ¿para qué?".

"Quiero enseñarte algo. No llevará mucho tiempo".

"¿No puedes mostrarme ahora?"

"No, es privado. Llamaré a tu ventana cuando vuelva. Dawn, mamá ha dicho que vuelvas a casa ahora. Tenemos que ir a visitar a tu prisionero padre".

Me reí mientras salía de la habitación de Brianna. Decidí esperar frente a la puerta de su habitación.

"Tienes *mucha* suerte de ser hija única", murmuró Dawn en tono molesto. "Brianna, por favor, no te reúnas con Damien. Tú eres mi amiga, y él es mi hermano".

"Chica, sabes desde cuándo estoy secretamente enamorada de Damien. Siempre seremos amigas, además ni siquiera sabemos lo que quiere".

"No lo conoces y no tienes idea de lo que es capaz. Por favor, aléjate. Finge que estás dormida cuando se acerque a la ventana más tarde. Por favor, Brianna". La voz de Dawn se había reducido a un susurro suplicante.

"Debes estar alucinando, actuando como si Damien fuera un asesino en serie o algo así. Todo irá bien. Ahora vete antes de que tu madre se enfade". Brianna empujó a Dawn fuera de su habitación, riendo.

"¿De qué soy capaz?" dije, asustando a Dawn mientras salía de la habitación.

"Nada, Damien. Es que no quiero que hables con mis amigos". Parecía sorprendida de que yo siguiera en la casa, y sus ojos parecían temerosos mientras fingía mirar a su alrededor como si hubiera perdido algo.

"¿Por qué pareces tan asustada, Danny? Tal vez deberías cuidar tu boca y seguir tu propio consejo. Como has dicho, 'no tienes ni idea de lo que soy capaz'". Abrí la puerta de Brianna y le indiqué a Dawn que saliera primero.

Mamá estaba sentada en el sofá cuando llegamos a la casa. Parecía irritada. Sin embargo, en lugar de quejarse de lo que habíamos tardado, nos dijo que nos diéramos prisa y nos metiéramos en el coche. Teníamos que coger un autobús para ver a papá. No entendí por qué mamá no podía ir en coche a la cárcel, pero no pregunté nada.

Llegamos a la estación justo a tiempo. El autobús estaba abarrotado de varias familias, bebés llorando, abuelas y todo tipo de grupos de personas.

Había dos asientos libres en la parte delantera y uno solo en la parte trasera. Mamá me dijo que me sentara atrás y que durmiera un poco porque el viaje duraba dos horas. Me senté al lado de un hombre mayor que favorecía al Sr. Ralph. Ese era el último lugar en el que quería sentarme, pero llegábamos tarde y sólo había otro asiento libre junto a una señora y su bebé que lloraba. Decidí sentarme junto a la persona que se parecía al Sr. Ralph.

El autobús era ruidoso. Me quité la chaqueta y la usé como almohada contra la ventanilla del autobús, y no tardé en quedarme dormido.

"Qué cara tienes, ir a ver a mi amigo después de lo que me hiciste", me susurró el señor Ralph al oído mientras se sentaba en el asiento de al lado.

"¿Cómo has llegado hasta aquí? ¿Por qué sigues molestándome?"

"Sabías que era yo cuando te sentaste. ¿Te estoy molestando? ¿Creíste que podías matarme y que me iría?" El Sr. Ralph sonrió.

"¿Qué quieres? No es que pueda traerte de vuelta".

"Quiero recuperar mi vida, pedazo de mierda. Ah, y será mejor que dejes a esa niña en paz. ¡Lo digo en serio! Crees que te estoy persiguiendo ahora. Sólo tienes que esperar". De repente había un cuchillo en su mano.

"¿Debo dejarla en paz como dejaste a esas otras niñas en paz?"

"¡Dame lo que quiero, Damien!" El Sr. Ralph dijo mientras ponía el cuchillo en mi cuello.

"¿Qué quieres?" Pregunté, mi voz se elevó a un grito. ¿Qué quieres? ¿Qué quieres? Te odio".

El hombre mayor sentado a mi lado me despertó con una sacudida. Di un salto hacia atrás. Pensé que era el Sr. Ralph. Mis pesadillas se estaban descontrolando. Sabía que odiaba al Sr. Ralph y que lo quería muerto. Sabía que había inculpado a papá de su asesinato, pero no recordaba haberlo matado realmente. Pensé que tal vez me había desmayado. Había tenido muchos desmayos cuando era más joven. Hacía cosas que no podía recordar. Dawn me ayudó mucho. Siempre me contaba lo que había pasado durante mi desmayo.

Necesitaba que las pesadillas cesaran. Estaba constantemente agotado y empecé a tener miedo de dormir. Incluso con las pesadillas, seguía pensando que el Sr. Ralph merecía estar muerto. No solo quería que el Sr. Ralph muriera porque supiera mi secreto; era más que eso. Él no sabía que yo también conocía uno de sus secretos.

Un día, falté a la escuela después del almuerzo. Llegué a casa y decidí que quería la casa para mí solo. Mamá todavía estaba en el trabajo, y Dawn llegó de la escuela más tarde ese día. Oí que Dawn subía los escalones del porche y corrí al armario del pasillo. Miré a través de las líneas de la puerta del armario. La vi soltar su bolsa de libros e ir directamente a la nevera. Hay algo en observar a la gente cuando no es consciente de ello que es muy emocionante.

La vi sacarse los mocos de la nariz y tirarlos al suelo. Era tan asquerosa. Entonces alguien llamó a la puerta. Ella gritó: "¡Damien!", suponiendo que era yo quien venía del colegio, pero no era yo. Era el Sr. Ralph. Le dijo que había quedado con papá allí, pero que le había comprado un helado. Preguntó dónde estaba yo. Dawn le dijo que llegaría pronto de la escuela.

Se sentaron en el sofá, y lo que ocurrió a continuación me asustó. El señor Ralph metió sus delgadas y arrugadas manos bajo la falda de Dawn. Dawn dio un salto nervioso. Le dijo que se calmara mientras lamía lentamente su helado. El Sr. Ralph continuó con su mano por debajo de la falda de Dawn mientras esta estaba incómodamente sentada. Estaba furioso. No entendía por qué Dawn le permitía hacer eso. Me pregunté si era la primera vez que se metía con ella. Miré a Dawn a los ojos y pude ver que no le gustaba. Me di cuenta de que tenía miedo.

Dawn finalmente decidió levantarse. Él volvió a tirar de ella hacia abajo. Le dijo que era un pecado llevar una falda tan corta con los hombres. El descaro de estos borrachos hipócritas, diciéndole a alguien lo que es un pecado.

Tuve que apartar la vista, no podía ver cómo el Sr. Ralph hacía daño a Dawn. En su lugar, me quedé mirando el bate que estaba en el armario junto a la fregona y la escoba. Eché un vistazo las veces suficientes para asegurarme de que no iba más allá de las caricias, como si eso no fuera suficiente. Justo cuando me armé de valor para coger el bate, Dawn intentó alejarse de nuevo. Le dijo que yo llegaría pronto a casa y que debía marcharse. El Sr. Ralph sonrió y dijo: "Oh, Damien también es un pecador". Entonces soltó el brazo de Dawn, que se levantó y se bajó la falda.

Por mi vida, no podía entender por qué Dawn era tan débil. ¿Por qué dejaba que la gente le hiciera lo que quisiera? Me sentí molesto conmigo mismo por estar sentado en el armario mirando. Me arrepentí de no haberla ayudado. Aunque a veces le hacía cosas malas a Dawn, nunca quise que nadie más le hiciera daño. A partir de ese día, creció en mí un fuerte odio hacia el Sr. Ralph, y lo quería muerto. Imaginé lo que se sentiría al matarlo. Repasé las diferentes formas en que podría hacerlo. Despreciaba su imagen. Pero con todo eso, aún no recuerdo haberlo matado. He pensado mucho y no puedo reproducir el acto en mi mente.

"Última parada, Penitenciaría de Beacon", gritó el conductor del autobús, sacándome al instante de mi ensoñación.

6
TODAVÍA ES MI PAPÁ

El proceso completo de visitar a papá fue horrible. Primero tuve que soportar un viaje de dos horas en un autobús atestado de gente, luego tuve que desnudarme mientras un guardia me registraba y, para empezar, ni siquiera había querido ver a papá. Estaba más que irritado.

Pero también empecé a sentirme mal por haber puesto a papá en un lugar tan horrible. Sí, era un borracho que me odiaba, y sí, había engañado a mamá y nunca había pagado las facturas, pero seguía siendo mi papá. No hay límite a lo que puedo hacer cuando estoy enojado. Mis emociones son incontrolables, pero creo que son justificables. Creo que mis acciones mostraron de manera justa las emociones que sentía. Tal vez cometí un error al poner a papá en ese sucio lugar, o tal vez no.

Nunca podría decir que él no había cometido el asesinato porque eso podría implicar que fui yo. Estaba un poco nervioso por ver a papá. Todo el mundo piensa que soy muy malvado, pero tengo un lado compasivo. Sólo que no sé cómo lidiar con mi dolor. Mi dolor se siente tan pesado dentro de mis entrañas; grita para salir. Tengo que dejar que alguien soporte mi dolor. Es mi única libertad.

Malvado, no lo soy. Herido, lo estoy. He sentido la falta de amor desde mi nacimiento, y en algún momento del camino algo vacío entró en mi alma. No tiene lugar. Simplemente está ahí. Siempre estoy hambriento de afecto y atención, y nunca lo consigo. Veo a mamá dar cariño a papá, y veo a papá dar atención a Dawn, y veo a Dawn obligarse a quererme.

Soy la oveja negra de esta familia. Soy al que nadie quiere tratar. Soy el más despreciable. Acepto de buen grado mi papel, pero nunca dejo de sentirme mal. Anhelo constantemente ser el favorito. Siempre quiero ocupar el lugar de Dawn, y eso nunca cambiará. Nunca daré a esta familia más de lo que se merece. Eso no me impide amarlos. Estoy obligado a amar. Es realmente una delgada línea entre el amor y el odio. Soy el amor y soy el odio. De la misma manera que soy la sangre de mi padre. Él puede rechazarme, pero eso no cambiará el hecho de que soy su semilla. Fui regado y cuidado en el vientre de mamá, y estaré siempre conectado a ambos.

"¡Te he echado tanto de menos, papá!" Dawn corrió hacia papá, que estaba sentado en una mesa blanca en la zona de visitas.

"Hola, pequeña. No podía esperar a ver tu preciosa cara", sonrió. "¿Cómo estás, Damien?" Papá me miró a los ojos. Me di la vuelta.

"Estoy bien, papá. ¿Cómo estás tú?" Finalmente miré a papá, cuyos ojos parecían sólidos y sobrios. Era un hombre guapo, y apenas me había fijado en lo encantadores que eran sus ojos porque siempre parecía borracho. Su piel era clara, e incluso tenía brazos musculosos. Su aspecto me sorprendió.

"Bueno, para ser sincero, podría estar mejor si estuviera en casa con todos vosotros". Papá sonrió a mamá. "Hola, mi preciosa esposa. Me alegro mucho de verte, esto me ha alegrado el día".

"No puedo creer lo guapo que estás", dijo ella. "Realmente te ves bien, Jerome". Suspiró, y capté una pizca de nerviosismo en el sonido. "Bueno, chicos, papá y yo tenemos que hablar con vosotros de algo, y queremos que seáis sinceros".

"Sé que no siempre he estado ahí para vosotros,"

papá se aclaró la garganta. "Sé que he cometido muchos errores y que he roto vuestra confianza. Damien, hemos tenido una relación difícil, y eso es principalmente mi culpa. Tú sólo querías lo mejor para tu madre, y yo no siempre fui el mejor candidato". Se pasó las manos por el pelo, tragando con dificultad. "Sé por qué me hiciste arrestar. Estabas enfadado porque te di una bofetada, y lo entiendo. Pero ahora esto es serio. Me acusan de asesinato. Están a punto de trasladarme a una prisión de alta seguridad, y necesito que digas la verdad antes de mi juicio".

"Papá, ¿crees que es mi culpa que estés aquí?" pregunté con una mirada confusa.

"No estoy señalando a nadie, Damien, pero todos sabemos lo que les dijiste a los detectives. Hablando de eso, mamá y yo tenemos algunas preguntas sobre esa noche". Papá miró a mamá.

"¿Puedo ir a la máquina expendedora?" Dijo Dawn. "Me muero de hambre después de ese largo viaje en autobús".

"¡Espera, Dawn!" Mamá se quejó. "Tenemos que hacer esta pregunta a todos los que viven en la casa".

Dawn se sentó de nuevo, y papá continuó donde mamá había dejado.

"La noche que Ralph murió, yo estaba en el sofá, intoxicado. Oí cómo se cerraba la puerta principal.

Estaba demasiado achispado para moverme, pero alguien salió de la casa esa noche. ¿Quién fue?"

"¡Yo no, papá!" gritó Dawn al instante.

"Yo tampoco me fui", respondí rápidamente tras Dawn.

"Bueno, alguien se quedó fuera. Estoy seguro de ello. Puede que haya sido un borracho, pero mis oídos funcionan mejor que los de un ratón. Puedes decir la verdad. Sólo quiero saber a dónde fuiste", me miraba.

"Oh, déjame adivinar, ¿todos creen que le hice algo al Sr. Ralph? ¿Qué clase de criatura malvada creen que soy? ¿Honestamente creen que soy capaz de asesinar? Por eso no quería venir aquí: todo es siempre culpa de Damien". Torcí el cuello, buscando la salida.

"Sabemos que no asesinarías a alguien, Damien", dijo Dawn, tocando mi brazo. "Sólo están preguntando".

"Bien, todos, cálmense", dijo mamá al notar que otros reclusos nos miraban. "Os hemos traído aquí porque han estado ocurriendo cosas extrañas en la casa".

"¿Podemos irnos ya?" Pregunté.

"Antes de que os vayáis todos", papá acercó su silla a la mesa, "por favor, sabed que os quiero. Damien, por favor, piensa en hablar con la policía.

Todavía podemos arreglar esto".

Nos detuvimos en la máquina expendedora de Dawn antes de salir de la sala de visitas en silencio. No podía creer que la visita hubiera sido una emboscada para tenderme una trampa. Mamá había sido lo suficientemente audaz como para contarme sus planes con una semana de antelación. *Si cree que voy a salir de esta casa tranquilamente*, pensé, *ha subestimado tristemente mi fuerza.*

En cuanto a papá, era él o yo, así que no iba a decir nada a los detectives. Lo que realmente me tenía desconcertado era lo extraña que estaba actuando Dawn. La conocía bien, y estaba apagada. Tal vez no podía soportar ver a su precioso papá en la cárcel, o tal vez estaba mintiendo sobre algo. Ya lo averiguaría más tarde; por el momento, tenía que concentrarme en poner a mamá en su lugar y terminar con Brianna. Dawn me ponía enfermo; siempre actuaba como la niña perfecta. Había intentado ser amable conmigo en la visita de papá, pero no podía olvidar que le había dicho a Brianna que se alejara de mí como si fuera un animal.

Hicimos el largo viaje a casa sin hablarnos. Me senté junto a una encantadora señora mayor que me dio un caramelo. Mamá y Dawn se sentaron delante de nosotros en silencio. La señora me dijo que me parecía a su nieto. Era la persona más amable que había encontrado en mucho tiempo. Quería abrazarla o tumbarme en su brazo. Fue raro porque casi le susurré que mi familia estaba tratando de deshacerse de mí y que por favor me llevara a vivir con ella. Decidí quedarme callado. Pensé en la posibilidad de que llamara a la policía, y entonces me quedaría en una casa de acogida. Miré el reloj de la parte delantera del autobús, que marcaba las 8:16 de la noche.

Empecé a reconocer las señales de las calles, así que supe que estábamos cerca del coche de mamá. Sólo tenía que averiguar cómo podía escabullirme de la casa para llegar a la ventana de Brianna. Finalmente llegamos a casa después de que mamá parara en un restaurante de comida rápida para conseguirnos una cena fugaz. Mamá despreciaba la comida rápida. Creía que una mujer debía cocinar para su familia. Se quejó todo el tiempo de la comida basura que había. Miré el reloj del salón, que marcaba las 21:19. Me excusé de la mesa.

"Mamá, voy a ducharme y a prepararme para ir a la cama", le dije.

"Vale, Damien. Date prisa porque yo también estoy agotada. Me baño y me voy directamente a dormir".

"Mamá, tú puedes ir primero. Sé que estás cansada".

"Sí, ha sido un día largo. Ya hablaremos mañana.

Esta noche, vamos a descansar un poco".

"Mamá, ¿puedo quedarme en casa de Brianna esta noche?" preguntó Dawn, mirándome con rencor.

"Esta noche no. Quizá el próximo fin de semana".

"Pero teníamos planes, mamá. Te lo pedí hace una semana y dijiste que sí".

"Nada de peros, Dawn. No me acuerdo, y es demasiado tarde para ir a casa de alguien".

Mamá se durmió en cuarenta y cinco minutos. Encontré el número de teléfono de Brianna en la agenda negra de mamá. Recé para que Brianna contestara, en lugar de su puta madre. Contestó al primer timbrazo. Le dije que se peleara con Dawn para que no me siguiera a su casa. Dawn se negaba a ir a dormir. Ella observaba cada uno de mis movimientos. Oí sonar el teléfono de la habitación de Dawn y escuché pacientemente.

"Hola, chica Brianna", respondió Dawn con entusiasmo.

"Hola, Dawn. Estaba pensando que necesito un descanso de ti. Siempre estoy ahí para ti, y vienes a mi casa sólo para mandarme, y estoy harta".

"¿Qué? Deja de jugar, Bri. Intenté que mi madre me dejara pasar la noche, pero dijo que no. Chica, tengo mucho que contarte sobre la visita para ver a papá".

"No quiero oír hablar de la visita. ¿Estás sorda?

No quiero tratar más contigo. No estoy jugando. Aléjate de mí. Tal vez podamos ser amigas en otro momento, pero por ahora, ¡necesito un descanso!"

"¿Hablas en serio? Hemos sido amigas desde que empezamos la secundaria, ¿y ahora necesitas un descanso?" La voz de Dawn era triste y perpleja.

"¡No, Dawn! Me has estado mandando desde que te conocí y estoy cansada de ello. Nunca preguntas si puedes venir a mi casa. Simplemente apareces y haces lo que quieres en mi habitación. Incluso te llevas mis cosas a casa sin preguntarme".

"Está bien. He sido un poco mandona, pero es sólo porque todos me mandan en mi casa. Lo siento. Prometo tratarte mejor".

"Demasiado tarde. Necesito un tiempo para mí". Colgó al oído de Dawn.

Oí a Dawn pasearse de un lado a otro, y supe que Brianna había hecho lo que le había dicho. Oí a Dawn susurrar en un tono extraño para sí misma, murmurando palabras al azar. Era su propia culpa que estuviera molesta. Si me hubiera dejado solo para ver a Brianna, no habría estado en esa situación. Ahora lo único que tenía que hacer era llamar a la ventana de Brianna y conseguir que viniera conmigo. Pensé brevemente en dejarla plantada porque ya había hecho bastante daño a Dawn, que era la misión. Quería a Dawn para mí, y esa mierda de mejor amiga tenía que terminar.

Por alguna razón, sentí la necesidad de seguir con mi plan original. Sabía con certeza que eso acabaría con su amistad para siempre. Me sentía fatal por Dawn, pero sabía que era lo mejor para ella. Estaba confundida y no entendía que lo único que necesitaba era a mí. Habíamos empezado juntos en el vientre materno. Ni siquiera necesitábamos a mamá y papá, pero ella no podía verlo.

Después de un rato, ya no oí los gritos de Dawn. Me asomé silenciosamente a su habitación y la vi tumbada en la cama, con los ojos cerrados.

Cogí mi mochila, me puse las llaves al cuello y bajé lentamente cada escalón que crujía. Miraba constantemente detrás de mí. La casa estaba muy oscura y no podía ver si Dawn me observaba o no.

Vi una figura al final de los escalones que me recordaba al señor Ralph. No estaba seguro de si era una sombra o si el señor Ralph había descubierto la forma de perseguirme mientras estaba despierto. Pensé en darme la vuelta y volver a mi habitación y descartar todo el plan. Algo en mi interior me decía que dejara a Brianna en paz, pero la sombra había desaparecido cuando me di la vuelta, así que salí por la puerta principal. Cuando cerré la puerta, supe que algo dentro de mí cambiaría para siempre.

7
SE HA IDO

Brianna se paseaba de un lado a otro cuando llegué a su ventana. Golpeé ligeramente el cristal. Su cara brilló de emoción cuando me vio allí. Me di cuenta de que había estado esperando, pero su rostro no parecía molesto. Sonreía de oreja a oreja. En ese momento supe que yo era una persona malvada. Tal vez papá tenía razón. Tal vez no merecía formar parte de nuestra familia.

¿Cómo pude hacer un acto malicioso en una chica inocente? Mis acciones siempre eran justificables, pero esta vez no tenía ninguna explicación de por qué estaba involucrando a Brianna. Su sonrisa quedó plasmada en mi mente como un marco de fotos. No lo sabía en ese momento, pero nunca olvidaría la sonrisa de su rostro. Contemplé mis acciones y decidí que Brianna tendría que soportar, por desgracia, parte de mi dolor.

"¿Por qué has tardado tanto?" dijo Brianna. "He estado esperando todo el día. Ni siquiera fui a cenar con mi familia porque tenía miedo de echarte de menos". Ella sonrió.

"Lo siento, el autobús de la cárcel tardó una eternidad, y luego tu mejor amiga se comportó como una acosadora". Me reí.

"Ella ha estado actuando muy raro. Siempre me dice que me aleje de ti y cosas así. Nunca dice por qué. Bueno, me ocupé de ella durante la noche. Espero que me perdone por la mañana. No me gustaría estar en su lado malo". Brianna bajó la cabeza.

"Por supuesto que te perdonará. Eres su única amiga. ¿Ahora vas a salir o no?"

"¡No! Entra aquí. Mis padres nunca entran en mi habitación, y nunca se despiertan una vez que están dormidos. Tienen mucho sexo y no los veo hasta la mañana. En realidad, son bastante desagradables".

"Chica, no voy a entrar ahí. Sería una suerte para mí. Sal, podemos ir al campo. Hace calor fuera, y tengo agua y cosas en mi mochila. ¿O tienes demasiado miedo?" Extendí la mano.

"¿Miedo de qué? No me subestimes". Me agarró la mano y saltó por la ventana. Luego cerró la ventana y se puso detrás de mí.

"¿Por qué tenías tantas ganas de que viniera? ¿Te dijo Dawn que estaba enamorado de ti?" pregunté mientras empezábamos a cruzar la calle.

"Damien, deja de jugar". Me dedicó una sonrisa

inocente. De hecho, yo estaba enamorada de ti".

"¿Por eso siempre me mirabas fijamente? Pensé que eras un poco lenta o algo así". Me reí.

"¡Muy gracioso!" Me dio un puñetazo en el brazo. "Entonces, ¿qué vamos a hacer en el campo? ¿Qué tienes que enseñarme?"

"Ten paciencia. Te voy a dar lo que quieres".

"¿Y qué es lo que quiero?"

"Dijiste que ya eras una niña grande", dije, relamiéndome los labios. "¡Veamos si realmente lo eres!"

Llegamos al campo y saqué una botella del viejo licor de papá y una manta.

"Está muy oscuro aquí fuera", dijo Brianna. "Nunca he estado aquí de noche. Es un poco espeluznante, pero romántico".

"Sí, está muy oscuro. Me ha dado un poco de miedo caminar solo por aquí de noche. Tuve que venir por aquí unas cuantas veces cuando tenía detención. Pero puedes relajarte. Toma un trago". Le entregué la botella de ginebra Seagram's.

"¿Es eso lo que tenías que enseñarme? No, gracias. Odio el alcohol. Lo probé una vez y es asqueroso". Ella empujó la botella hacia atrás.

"Sí, yo también. Mi padre me hizo odiarlo. Quítate la camiseta", tiré de su camiseta.

"¿Qué? No me voy a quitar la camiseta. ¿Es eso lo que querías mostrarme?", se apartó.

"Me gustas desde hace tiempo y odio admitirlo, pero, quiero que seas la primera". Me quité los zapatos. "Sé que siempre me ves mirándote por la ventana".

"No creo que esté preparada para eso". Se levantó nerviosa. "Todavía soy virgen y tú acabas de empezar a mostrar interés por mí". Hizo una pausa y luego susurró: "No estoy preparada".

"No te pongas nerviosa. Yo también soy virgen". Acaricié su pantorrilla, ella se puso de pie, con los brazos cruzados. "Bueno, quédate aquí conmigo un rato. Vamos, siéntate. Pensé que eras más madura, pero veo que no lo eres".

"Soy madura. Dame la botella, te enseñaré". Ella cogió la botella y se tomó un gran trago, frunciendo el ceño.

"De acuerdo, niña grande. Si realmente te gusto, demuéstramelo".

Brianna se quitó vacilantemente la camiseta rosa y blanca. Me costó desabrocharle el sujetador. La visión de sus pechos era diferente a la de los pechos adultos que había visto. No podía soportar mirarlos, eran pequeños y aniñados. Su aroma era súper femenino, y olía a algodón de azúcar.

Me tumbé encima de ella y me desabroché los pantalones. Me costó conseguir una erección. La bombeé sin sacar mi pene. Ella me bombeó de vuelta, y finalmente mi pene alcanzó su máximo potencial.

"Por favor, ve despacio", suplicó ella, mirando a un lado.

"Cállate. Tú querías esto, ¿verdad?". Cerré los ojos e imaginé que ella era otra persona, y con los pantalones aún puestos, saqué mi pene de los bóxers y lo introduje en su vagina. Ella se retorció y lanzó un grito fuerte pero tranquilo. Sus entrañas se sentían como tripas calientes sin curar. Bombeé cada vez más fuerte.

"Por favor, ve más despacio, Damien", suplicó. "Por favor".

"Casi ha terminado, Brianna", dije mientras la penetraba tres veces más antes de detenerme. El encuentro fue más doloroso para mí que quizás para ella. No lo disfruté, y no podía creer que había perdido mi virginidad con ella. Se quedó quieta y en silencio. Había logrado mi objetivo. La había despojado de su inocencia y, a cambio, nos odiaría a Dawn y a mí. Empecé a recoger rápidamente.

"Por favor, espera a que me vista", dijo Brianna, tratando de encontrar su sujetador. "Tengo miedo".

"¡Deprisa!" Respondí con brusquedad.

Salí rápidamente del campo y ella trotó para alcanzarme. Ni siquiera me molesté en acompañarla a casa. Cuando salimos del campo, ella siguió su camino y yo el mío. Ni siquiera nos dimos las buenas noches. Me sentí sucio, y ella también. Estoy seguro de que se sintió violada, y yo también. No había pensado en cómo me afectaría este plan cuando decidí invadir el cuerpo de Brianna y no volver a hablar con ella. Todo lo que quería era tomar una ducha y olvidar lo que había pasado.

"¡Atrás!" Le grité al Sr. Ralph. "¡Tengo un arma!"
"¡Te dije que la dejaras en paz!", gritó. "¿No te lo dije?"

"No puedes decirme qué hacer, pervertido. Al menos no la violé".

"Todavía conozco tu secreto. ¿O lo has olvidado? ¡No estoy muerto! ¡Tú lo estás!

"¡Te odio!" Grité mientras le disparaba al Sr. Ralph en la cabeza. Se desvaneció como el humo.

Me desperté, sudoroso y frenético, con el sonido de los gritos en el salón de abajo. Me estiré y me limpié la costra de los ojos. Me dirigí al baño y oriné. Me dolía el pene, lo que me recordó lo que había hecho con Brianna la noche anterior.

Oí más caos mientras tiraba de la cadena. Estaba cogiendo el cepillo de dientes cuando oí que mamá me llamaba por mi nombre. Volví a colocar el cepillo de dientes en el soporte y me dirigí hacia los escalones.

"¡Baja ahora mismo, Damien!"

"Mamá, ¿qué pasa?" Empecé a bajar los escalones.

Al menos diez personas estaban de pie en nuestra pequeña sala de estar. Unas cuantas caras desconocidas merodeaban por allí. Reconocí a dos vecinos que mamá despreciaba, estaban de pie cerca de la cocina. Un par de viejos amigos de papá estaban sentados en nuestro sofá marrón bebiendo una cerveza como si no fuera de madrugada. Los padres de Brianna estaban firmes e incómodos en la puerta principal.

"Damien, ¿has visto a Brianna?" preguntó la madre de Brianna, con la voz quebrada mientras las lágrimas rodaban por sus mejillas. "¿Has visto a mi bebé?"

"¿Cuándo la he visto?" Me crucé de brazos. "¿Qué está pasando?"

"Damien, les dije que se suponía que ibas a encontrarte con Brianna anoche", dijo Dawn, con los ojos rebosantes de lágrimas. "Siento haber hablado de más, pero es que nadie la ha visto".

"Por favor, di la verdad", dijo la madre de Brianna. "Mi bebé ha desaparecido. Mi única hija, mi dulce, dulce bebé". Lloró en los brazos de su marido mientras todos me miraban en busca de respuestas.

"Damien, estamos esperando. ¿Qué ha pasado?" La decepción y la vergüenza estaban escritas en la cara de mamá.

"¿A qué te refieres con 'desaparecida'? ¿No ha venido a casa?"

"¡No!" intervino el padre de Brianna. "¡Ahora dinos qué coño ha pasado!"

"Cálmate", dijo mamá. "Damien sigue siendo un niño, *mi* hijo. Vamos a escucharlo".

"Estoy muy confundido", comencé. "Brianna y yo fuimos al campo anoche, y... um..."

"¿Y qué?" El padre de Brianna se lanzó hacia mí con el puño en alto. Todo el mundo lo agarró justo antes de que me alcanzara, y yo caí en los escalones.

Mamá decidió que ya había tenido suficiente. "¡Se acabó! Salid todos de mi casa".

"No nos vamos a ir hasta que nos diga dónde está nuestra hija", dijo la madre de Brianna con calma, pero con firmeza.

"¡No lo sé!" Insistí. "Después del campo, ella

siguió su camino y yo el mío. Maldita sea, debería haberla acompañado a casa". Me golpeé la mano contra la frente.

"¡Chico, cuidado con lo que dices!" Mamá señaló con su dedo índice con ojos afilados.

"¿Nos estás diciendo que no la has visto desde que saliste del campo?" Preguntó el padre de Brianna con ojos furiosos. "Voy a llamar a la policía. Me dirás lo que le hiciste a mi hija. Si le hacen algún daño, te mataré yo mismo, es una promesa". Cogió a su mujer para irse.

"¡Por favor, Damien!" La madre de Brianna gritó mientras su marido la agarraba. "¡Por favor, dime! ¿Dónde está mi bebé?"

"Lo juro por todo, no lo sé", respondí. "No la he vuelto a ver".

Todos salieron de la casa a cámara lenta. Todos los vecinos me miraron con disgusto. No podía creer que Dawn me hubiera arrojado bajo el autobús de esa manera. Más importante aún, no podía creer que Brianna hubiera desaparecido. Sabía que no podía recordar haber matado al Sr. Ralph, pero seguro que sabía que no había hecho daño a Brianna. Sabía que no había tenido un desmayo porque recordaba haber caminado a casa.

Mamá me hizo mil preguntas, y parecía más molesta porque mi historia seguía siendo la misma. Dawn siguió llorando, claramente devastada. Me miraba como si fuera un monstruo. Extrañamente, mamá no consoló a Dawn sino que la ignoró. Supongo que yo era su principal objetivo y no podía ocultar lo que sentía hacia mí. Ya me arrepentía de mi encuentro con Brianna, pero ahora me arrepentía de todo.

No pasó mucho tiempo antes de que la policía llamara a la puerta. Resulta que era el mismo detective que había arrestado a papá; al parecer, nuestro barrio era su distrito. Yo estaba nervioso y mamá estaba destrozada.

"Me alegro de verte de nuevo, Damien", dijo el detective Ross. "Siento que nos encontremos de nuevo en malos términos, pero tengo algunas preguntas para ti".

Inmediatamente me lancé a una rápida defensa. "Juro que no le hice nada a Brianna. Ojalá supiera dónde está. Todo el mundo me acusa de algo que no he hecho. Todo lo que hice anoche fue perder mi virginidad". Hablé tan rápido que apenas supe lo que dije.

"Más despacio, Damien. Vamos a aclarar esto. Sólo queremos encontrarla. No estás en problemas, pero necesito saber todo lo que hiciste ayer. Empecemos por la hora a la que llegaste de ver a tu padre".

"¿No debería tener un abogado?" interrumpió mamá. "Todavía es menor de edad".

"¿Un abogado? ¡Mamá, yo no he hecho nada! Le diré todo, detective Ross".

"Señora, no está detenido, ni le estamos acusando de nada. Sólo queremos hacerle unas preguntas en la comisaría. Por supuesto, usted puede estar presente en todo momento durante la entrevista".

"Esto no me gusta. Tampoco confío en que ustedes hagan bien su trabajo. Mi marido es inocente, ¡y ahora mismo está sentado en la cárcel en lugar de estar en casa con su familia!"

El detective Ross ignoró los golpes de mamá. "A mí también me parece raro que volvamos a estar aquí dentro de unos meses. Por ley, puede tener un abogado presente. Por ahora, sólo queremos encontrar a Brianna".

"¿Por qué no puedes hacer las preguntas aquí mismo?" Preguntó mamá.

"Brianna está desaparecida, y cualquier información que obtengamos es crucial. Si surge algo durante el interrogatorio, la comisaría tendrá una grabación para reflexionar".

Puse mi mano en el hombro de mamá para calmarla. "Mamá, está bien. Podemos ir a la comisaría".

Mamá y yo entramos en la fría comisaría. Los detectives nos sentaron en una sala oscura y lúgubre, similar a las que había visto en las películas. Mamá parecía más asustada que yo: Le temblaban las piernas bajo la mesa de metal y no podía quedarse quieta. Observé cómo sus ojos recorrían la habitación y me miraban de vez en cuando. Sorprendentemente, mamá me dirigió una mirada de simpatía, no su habitual "¿Por qué, Damien? ¿Por qué?". Yo también tenía miedo, pero sabía que no había hecho daño a Brianna. Sólo rezaba para que apareciera pronto.

El detective Ross entró con una Pepsi en la mano, y con su traje de gran tamaño colgando imprudentemente sobre sus huesudos hombros.

"¿Quieres algo de beber, Damien?", preguntó con una sonrisa amistosa. "Sabes, nos hemos visto mucho últimamente. He estado repitiendo en mi mente algo que me dijo tu padre el día que lo arrestamos. Pero es imposible que sea cierto". Se echó a reír mientras me entregaba la Pepsi.

"Detective Ross, no estoy seguro de lo que le dijo mi padre ni de lo que le pasó a Brianna. Lo único que sé es que no le hice nada".

"¿Cómo llegaste al campo con Brianna?", preguntó mientras daba un sorbo a su refresco.

"Ya teníamos planes para salir esa noche. En cuanto mamá y Brianna se fueron a dormir, fui a casa de Brianna y ella salió conmigo".

"¿Salió voluntariamente por la puerta principal?"

"No, saltó por la ventana de su habitación, y fuimos al campo para... ya sabes..." Me moví incómodo.

"No, no lo sabemos", afirmó sarcásticamente mamá.

"¡Tuvimos sexo!" solté avergonzado.

"Después del sexo, ¿qué pasó?" Preguntó el detective Ross.

"Nada. No nos gustó, así que no hablamos. Dejamos el campo, y yo seguí mi camino a casa, y ella el suyo. Juro que esa fue la última vez que la vi".

"Entonces, ni siquiera la acompañaste a casa. Mira, Damien, quiero creerte, pero me cuesta entender cómo fuiste la última persona que estuvo con ella y no llegó a casa".

"Yo tampoco lo entiendo", admití.

"¿Podemos irnos ya?" Dijo mamá, cogiendo su bolso. "No sabe nada más".

"Pueden irse por ahora, pero puede que tenga más preguntas más tarde, así que estén disponibles. Esperemos que esto sea sólo un malentendido y que Brianna aparezca pronto". Abrió la puerta y la sostuvo para nosotros.

Mamá y yo salimos en silencio. No había nada que decir. Tenía emociones encontradas. Debería haber sentido compasión, pero no lo hice. Me sentía confundido y acusado injustamente, pero no podía encontrar compasión por la desaparición de Brianna. Nunca había querido que le pasara nada, pero me enfadaba especialmente que le hubiera pasado algo después de estar conmigo.

Mamá se comportó de forma extraña durante todo el viaje a casa. Habló de la cena y de cosas al azar que no tenían sentido. Parecía cansada y estresada.

Volvimos a casa y ya había carteles de desaparición por todo el barrio. Mamá se limitó a decir: "Como dijo el detective Ross, ojalá sea un malentendido y Brianna aparezca pronto".

8
EL ÚLTIMO DÍA

"Quita tus asquerosas manos de encima", gritó Brianna mientras la sujetaba.

"Cállate antes de que alguien te oiga. Sólo necesito que les digas a todos que estás bien". Retiré lentamente mi mano de la boca de Brianna.

"Nadie la oirá", dijo el señor Ralph, acercándose rápidamente. *"Está muerta. La mataste como me mataste a mí".*

"¡Yo no la maté! ¡No lo hice! ¡Vete! ¡Esto no se trata de ti!"

"Siempre estaré aquí. Puede que tuviera algunos deseos de niña malvada, ¡pero al menos no era una asesina como tú!" Se acercó, con su cuchillo de nuevo en la mano.

"¡Yo no la maté!" Insistí.

Me desperté con las cálidas manos de mamá sacudiéndome y llamándome por mi nombre. Desde la desaparición de Brianna, las pesadillas habían empeorado. Habían pasado tres días sin ninguna señal de Brianna. Después del interrogatorio en la comisaría, me había pasado la noche en vela hasta que mi cuerpo finalmente se derrumbó por el cansancio. Sabía que había algo malo dentro de mí, pero me preguntaba si realmente era capaz de asesinar. Bloqueé los pensamientos. No me harían ningún bien.

Mamá me dijo que esperara a que Brianna apareciera, y todo esto terminaría. Por una vez, le hice caso. La relación entre mamá y yo había crecido en los últimos días. Supongo que una madre siempre quiere a su hijo, y cuando ese hijo realmente necesite a su madre, ella estará allí.

Dawn había estado actuando de forma muy extraña desde la desaparición de Brianna. Sabía que Brianna era su mejor amiga, pero Dawn había dejado incluso de comer. Lo único que hacía era quedarse en su habitación, haciendo pucheros y quejándose de lo aburrida o sola que estaba.

La mañana avanzó lentamente. Me senté en la mesa de la cocina mientras mamá terminaba el desayuno. Llamó a Dawn varias veces, pero no obtuvo respuesta. Sugirió que siguiéramos adelante y comiéramos. Me sorprendió que mamá comiera sin su preciosa Dawn. Tal vez sólo estaba dando espacio a Dawn, pero algo estaba mal.

Estaba cogiendo el tenedor para probar el primer bocado de huevos cuando oímos un fuerte golpe en la puerta.

"Yo atiendo", dijo mamá mientras arrojaba la

servilleta sobre la mesa. "¿Quién es?", llamó en tono molesto.

"¡Abre la puerta antes de que la eche abajo!" gritó la madre de Brianna.

"Mira, he sido paciente contigo y he sentido tu dolor, pero no vas a seguir amenazándome", dijo mamá mientras abría la puerta.

"La casa de Ralph se quemó anoche, y creen que Brianna estaba dentro". La madre de Brianna me miró por encima del hombro de mamá. "¿Por qué le has hecho esto a mi bebé?"

"Señora Scottsdale", dijo el detective Ross, "le pedimos que no viniera aquí. Le dijimos varias veces que no interfiriera en nuestra investigación. Nos estamos encargando de ello. Le prometemos que resolveremos la desaparición de Brianna. Por favor, vuelvan a casa". Agarró el brazo de la madre de Brianna y la sacó de nuestra casa.

"No puedo creer que esto esté pasando", dijo mamá. "Estoy segura de que su culo escurridizo volverá con más preguntas". Cerró la puerta principal de golpe, como si cerrarla con suficiente fuerza pudiera poner fin a la investigación.

"Mamá, sabes que nunca salí de esta casa", dije. "Y nunca le haría daño a Brianna. No puedo creer que esté muerta".

Justo entonces, Dawn entró en la cocina. "¿Muerta? ¿Brianna está muerta?" Su voz se elevó a una nota histérica. "¡La has matado! ¡Mataste a mi mejor amiga! ¡Maníaco, te dije que te mantuvieras alejado!" Se lanzó contra mí con puñetazos y patadas.

"Yo no he matado a tu zorra amiga", le dije mientras la mantenía a distancia. "No vuelvas a ponerme las manos encima".

"¡Basta!" Mamá gritó. "No permitiré que mis propios hijos se peleen entre sí. Ya hay suficiente gente en contra nuestra. Diablos, todo el vecindario nos odia. Siéntense todos y coman este maldito desayuno que he preparado". Dejó el plato de Dawn sobre la mesa.

Comimos en silencio. El único sonido en la habitación era el de nuestros tenedores tocando los platos. Yo quería darle un puñetazo en la garganta a Dawn por atacarme, mientras que Dawn probablemente quería que yo pagara por el asesinato de su amiga. Mamá parecía cansada, cansada del drama, de las peleas, de las mentiras y de las acusaciones. Su rostro parecía agotado, y su sonrisa, antes hermosa, estaba agotada. Su nuevo rostro era de preocupación y duda.

Me senté en la mesa de la cocina con una profunda reflexión. Sólo podía pensar en quién había quemado la casa del Sr. Ralph. Mi siguiente pensamiento fue, ¿cómo había llegado Brianna hasta allí? Mis pensamientos iban a toda velocidad y me sentía más confundida que nunca. No podía comprender lo que estaba pasando. Extrañamente, sentí la necesidad de hablar con papá. Quería preguntarle por la cárcel. ¿Cómo era? ¿Me violarían? ¿Era como en las películas? Sabía que me culparían de la muerte de Brianna. Empecé a prepararme para lo inevitable. Perdí el hilo de mis pensamientos al escuchar un exabrupto de Dawn.

"Entonces, ¿dónde la encontraron? ¿Alguien puede al menos decírmelo?"

"Su madre dijo que creen que estaba en la casa del señor Ralph, que alguien quemó anoche", respondió mamá. "Eso es todo lo que sabemos por ahora".

"Dawn", dije, "sé que no querías que estuviera con Brianna ese día, pero yo no le hice daño. No salí de esta casa anoche para provocar un incendio. Por favor, confía en mí, Dawn. Eres mi gemela y me conoces mejor que nadie".

La voz de Dawn era fría. "No te conozco en absoluto. ¿Por qué está papá en la cárcel? ¿Eh? Dile a mamá la verdad".

"Esto no se trata de papá. Se trata de que piensas que soy un asesino. Sé que no soy perfecto, pero vamos, piénsalo. ¿Realmente crees que asesiné a tu mejor amiga sólo para agitarte?"

"Todo lo que sé es que ella estaba contigo, y ahora se ha ido. Hablaste con la policía, y ahora papá se ha ido. ¿Quién es el siguiente, Damien?"

"De acuerdo, Dawn, es suficiente", dijo mamá.

"Puedes pensar lo que quieras", continué, "pero yo no le hice nada a Brianna. Estoy diciendo la verdad".

"Esto es demasiado para mí", dijo mamá, levantando las manos. Había una nota de finalidad en su voz, como si hubiera tomado una decisión firme. "Vamos a mudarnos, a alejarnos de este barrio. No quiero oír ni una palabra más sobre Brianna, Ralph ni nada parecido. Dejen todo eso aquí en esta casa. Podemos ir a quedarnos con Sheryl".

Empezamos a empacar inmediatamente. La tía Sheryl vivía en la casa que los padres de mamá habían dejado al morir. Mamá siempre había sentido que el lugar debía quedar para ella. Entraba y visitaba cuando le apetecía sin anunciarse. La tía Sheryl no soportaba a mamá, pero esta también sentía que era su casa.

Mamá nos dijo una vez que la tía Sheryl pensaba que todas las mujeres de la familia eran putas. Ella creía que mamá era una puta y que papá le pagaba por sexo, incluso hasta el día de hoy. Sabíamos con certeza que a la tía Sheryl no le gustaría que una familia de tres personas se mudara inesperadamente a su casa. No era la tía amable que horneaba galletas cuando llegabas. Era la tía que temías ver.

La casa de la tía Sheryl era vieja y chirriante. No había sido remodelada ni actualizada desde que murieron mis abuelos. Cuando la visitamos el verano pasado, olía a sobaco de gente vieja y a naftalina. La pintura estaba agrietada y tenía un color marrón polvoriento por el humo de los cigarrillos durante años.

Todo sucedió tan rápido que tuve que tomarme un minuto para asimilar la mudanza. Dejábamos la única casa que conocíamos: todos los recuerdos, las risas e incluso las tragedias. Dawn y yo habíamos aprendido a caminar en esa casa, y habíamos jugado constantemente en los escalones cuando éramos pequeños. Sabíamos que huir no resolvería nuestros problemas. También sabíamos que parecería sospechoso salir de improviso. Sin embargo, cuando se lo comentamos a mamá, nos dijo que ninguno de nosotros estaba detenido y que podíamos hacer lo que quisiéramos.

Unas horas más tarde, entré en la habitación de Dawn. Dawn finalmente comenzó a hablarme de nuevo mientras empacaba. Supongo que se sentía sola o que necesitaba expresar sus frustraciones con alguien, aunque fuera su hermano asesino. Estaba estresada; le encantaba nuestra casa, pero sobre todo su habitación.

Después de desahogarse sobre la mudanza, vino y me abrazó fuerte y lloró en mis brazos. Este lado vulnerable de Dawn me hacía quererla más que a mí mismo a veces. Pasé mis manos por su pelo semicortado y apreté su espalda con fuerza. Pasara lo que pasara, Dawn era mi gemela y compartíamos un vínculo que ni siquiera el asesinato podía romper.

Todavía sabía en mi corazón que no era un asesino. Todavía no recordaba haber hecho daño a nadie. Mientras frotaba el pelo de Dawn, noté un olor que nunca había encontrado en ella. Casi olía a productos químicos. Olí más fuerte mientras ella lloraba más fuerte. Sentí que la baba le goteaba del labio inferior mientras sollozaba. Me obsesioné con el olor. No podía entender por qué su pelo olía a otra cosa que no fuera champú.

Cuanto más lo olía, más me mareaba. Entonces empecé a preguntarme si estaba oliendo algo. Todo en mi vida empezaba a parecer una ilusión. Justo cuando me incliné para oler por última vez, Dawn me soltó.

A menudo me preguntaba quién era Dawn. Sentía que apenas la conocía. Interpretó muchos personajes y no pude averiguar quién era realmente. Con nuestros padres, era tranquila e inocente. Con sus amigos, maldecía y mandaba a todos. Conmigo, le encantaba presionarme.

Decidí ponerme contra la pared en silencio y observar todos sus movimientos. Sentí que salía de mi cuerpo y entraba en el suyo. La vi caminar por el dormitorio, recogiendo objetos viejos que tenían un valor sentimental para ella. Parecía muy afectada por la mudanza, pero cuanto más la observaba, más me daba cuenta de que no era quien yo creía. En realidad, no sabía quién era en absoluto. La imagen que tenía de Dawn en mi mente no era la persona que aparecía frente a mí. No podía ver su alma a través de sus ojos. Todo lo que podía ver era falsedad.

"¿Por qué estás ahí sentado observándome como un acosador en lugar de hacer la maleta?" Preguntó Dawn, devolviéndome a la realidad. "Mamá dijo que teníamos que irnos en dos horas".

"Dawn, no puedo ver tu alma a través de tus ojos. Es muy extraño. Cada vez que te miro, todo lo que veo es un simulacro".

"Oh, Dios mío. ¿Has vuelto a fumar hierba? Siempre que haces eso, empiezas a hablar de ojos y almas y locuras". Ella sacudió la cabeza.

"Sí que *he* fumado; tenía medio porro de antes. Todo parece tan extraño, especialmente tú. Puedo ver cosas cuando estoy drogado". Me crucé de brazos. "No estoy loco. La verdad está en los ojos".

"¡Chico, si no puedes ver mi alma, entonces estás claramente loco!" se escuchó la cinta adhesiva mientras empaquetaba otra caja.

"Todos tenemos algún tipo de oscuridad, aunque sólo sean nuestros pensamientos".

"Sí, Damien. A veces pienso cosas locas, pero no actúo en consecuencia. Nadie dijo que fuera perfecta. Tú piensas eso. Te has inventado quien crees que soy en tu mente".

"Bueno, ¿quién eres entonces?" pregunté.

Su rostro se iluminó con una expresión de fingida cortesía. "Soy Dawn, la gemela de un hermano retrasado que no me deja hacer la maleta porque se ha fumado algo de hierba. Ahora decide entrar en mi habitación haciéndome un montón de preguntas tontas mientras mi mejor amiga está posiblemente muerta". Extendió la mano. "Encantada de conocerte. ¿Y tú eres?"

"Soy Damien, el hermano retrasado que por fin ve a través de la chica con la que nació, que parece tan perfecta pero no lo es". Extendí la mano para estrecharla, pero la retiró.

Me sentí atrapado mientras caminaba hacia mi dormitorio. No podía quitarme de la cabeza a Dawn ni a Brianna. Había conseguido esa hierba hace unos seis meses de un tipo que la vendía en la escuela. La primera vez que fumé, acusé a Dawn de ser el diablo. El subidón tardó una eternidad en desaparecer. Dije que no volvería a fumar, y Dawn estuvo de acuerdo. Había decidido fumar hoy porque estaba estresado por la mudanza y porque me acusaban de haberle hecho algo a Brianna. Quería escapar de mi realidad de cualquier manera posible.

Repasé la noche con Brianna y casi se me revolvió el estómago. No tenía derecho a robar su inocencia y tirarla como si fuera basura, sólo para tener a Dawn para mí. En mi mente, vi su cara de felicidad en la ventana. Encendió la luz y su habitación rosa se iluminó. No había ni un solo pelo fuera de su sitio, y sonrió cuando me vio. Todavía puedo ver esa sonrisa.

Intenté recordar si había visto a alguien más fuera esa noche. No vi a nadie: ni un coche pasando, ni una persona reflejada en la ventana, ni un tipo cualquiera caminando por la calle.

El detective Ross había dicho que el ochenta por ciento de los casos de desaparición eran perpetrados por alguien que conocía a la víctima. Empecé a pensar que quizá el padre de Brianna le había hecho algo. Brianna estaba muy desarrollada. ¿Y si se había colado en su habitación y había tenido sexo con ella? Tal vez mis acciones la habían llevado al límite, y ella había amenazado con decir la verdad. Sin embargo, su padre no parecía un pervertido.

Honestamente, cualquier cosa podría haberle pasado a Brianna después de que se fuera de mi vista. Mamá había dicho que no habláramos de Brianna ni del Sr. Ralph después de salir de la casa, y me alegré de ello. Me di cuenta de que había perdido una hora atrapado en mi cama, drogado, cansado y pensando demasiado. Dawn irrumpió en mi habitación.

"Sabía que estabas aquí sin hacer nada. Vamos, levántate. Te ayudaré a hacer la maleta". Cogió una caja del suelo mientras buscaba la pistola de cinta adhesiva.

"Gracias. La buena y perfecta Dawn ha venido a salvar el espectáculo. Sabía que vendría a ayudarme. Era lo correcto, y tú siempre haces lo correcto". Le entregué a Dawn la pistola de cinta adhesiva.

"Ouch, ¿qué diablos es esto?" Ella saltó, sacando un palo de madera de debajo de mi cama.

"No sé de dónde ha salido. Casi lo pisé una mañana. ¿Sabes cómo llegó aquí?". Miré fijamente a los ojos de Dawn.

"No. Pero es algo espeluznante. Yo en tu lugar me desharía de él, sobre todo si no sabes de dónde ha salido".

"Sinceramente, no sé por qué lo guardé. Simplemente lo tiré debajo de mi cama y me olvidé de él".

"Pero tú eres un maniático del orden; ¿cómo pudiste olvidarlo? Eso no tiene ningún sentido, Damien".

"¡Dawn, estoy drogado! Nada tiene sentido para mí ahora mismo. Sólo bórralo".

Terminamos de hacer la maleta y no tardó en llegar la hora de abandonar la casa que tanto queríamos. Atravesamos la casa despidiéndonos mientras mamá nos esperaba al pie de la escalera, con la cabeza caída. Unas grandes gafas de sol ocultaban sus ojos, pero no podían ocultar las lágrimas que rodaban por sus mejillas.

Abrimos la puerta y salimos de nuestra casa como una familia, pensando que teníamos la oportunidad de empezar de nuevo. Poco sabíamos que nuestros problemas no desaparecerían tan fácilmente como lo había hecho Brianna.

9
CANSADA

"Por favor, para", le supliqué. "Sólo soy un niño".

"No eres un niño. Ahora eres un adulto, y las cosas nunca estarán bien hasta que confieses lo que hiciste". La cara del Sr. Ralph se abrió en una sonrisa siniestra.

"¿Cómo has vuelto?"

"Nunca me fui y nunca lo haré. ¿Quieres saber lo que le hice a tu amiguito Brandon, como lo llamas?"

"¿Qué hiciste? ¿Cómo se llama?"

"Damien, despierta. ¿Sigues teniendo esas pesadillas?"

Me senté, gimiendo. Llevábamos tres años viviendo con la tía Sheryl y las pesadillas seguían sin dejarme en paz. Mamá me dio un vaso de agua y tomé un largo trago antes de hablar.

"¿Cómo lo has sabido? Nunca te dije que tenía pesadillas".

"Chico, lo sé todo sobre ti. Ahora levántate y ve a comer. Os he preparado a ti y a Dawn un gran desayuno". Me acarició el brazo derecho y me sonrió maternalmente.

"Mamá, ¿estás bien? Pareces un poco apagada. ¿La tía Sheryl está amenazando con echarnos otra vez?" Pregunté, notando que mamá estaba completamente vestida.

"No te metas en su camino. Escucha lo que te dice y no hagas caso de sus malas maneras. Todo volverá a la normalidad antes de que te des cuenta". Continuó frotando mi brazo.

"¿Seguro que estás bien? ¿Por qué estás tan arreglada?"

"Me sentía fea. Decidí despertarme, vestirme, ponerme guapa y cocinar una buena comida para mis hijos. Hice todas sus favoritas".

"Oh, ¿has hecho tus famosos bizcochos? Deberías habérmelo dicho". Salté de la cama, me estiré y alcancé la mano de mamá.

"Ya he comido", dijo ella, apartándome. "He cocinado casi todo lo que había en la nevera, así que me voy al mercado. Despierta a Dawn por mí también".

Mamá me vio salir de mi habitación. Me pregunté por qué estaba sentada en mi cama, con cara de desconcierto, pero me limité a salir de la habitación y fui a buscar a Dawn.

Dawn y yo nos sentamos a la mesa con la tía Sheryl, comiendo como si fuera nuestra última comida. La tía Sheryl no era una imagen fácil de ver a primera hora de la mañana. Era una mujer pesada que llevaba una camiseta de gran tamaño que decía "BIENVENIDO A LAS VEGAS". La llevaba casi todos los días, excepto el único día al mes que decidía lavarse el culo. Siempre bromeábamos diciendo que no creíamos que hubiera estado en Las Vegas.

La tía Sheryl olía a cigarrillos rancios y bolas de naftalina. Su aliento y sus axilas casi me mataban cada vez que estaba en su presencia. Su pelo estaba enmarañado, y su vagina de pescado era un asesino instantáneo de hombres. Habíamos estado viviendo con esta desgracia de mujer durante exactamente tres años antes de que mamá decidiera hacer este significativo desayuno que ninguno de nosotros olvidaría jamás.

Dawn y yo nos habíamos acercado en los últimos dos años. Teníamos muchas charlas nocturnas sobre la tía Sheryl y lo mucho que la despreciábamos. No conocíamos a nadie en la nueva escuela ni en el vecindario, así que nos limitábamos a pasar el rato entre nosotros. Creo que no teníamos otra opción. Era un entorno nuevo, y nos convertimos en nosotros contra la escoria de la casa.

Algo se sentía mal mientras seguíamos desayunando. Me preguntaba por qué mamá no comía con nosotros ya que había cocinado tanta comida. Había hecho tocino, jamón, huevos, tortitas, tostadas francesas, sémola y patatas fritas. Mamá nunca hacía dos raciones de carne y dos de almidón, ni siquiera en nuestros cumpleaños.

Por una fracción de segundo, me pregunté si mamá nos había envenenado. Odiaba a su hermana, y a veces me odiaba a mí, y desde que nos habíamos mudado, se comportaba de forma extraña con Dawn. Ya no estaban tan unidas como antes. A veces, mamá incluso parecía quererme más. Justo cuando me preguntaba si estábamos comiendo hasta morir, apareció mamá.

"Bueno, chicos, me voy al mercado, y puede que esté fuera un rato porque lo he cocinado todo", dijo en un tono incómodo y bromista.

"Vale", murmuré entre un bocado de jamón.

"Tráeme una cajetilla de cigarrillos, ¿quieres?". preguntó la tía Sheryl, con trozos de huevo revuelto cayendo de su boca.

"Sí, puedo traerte algunos. Hasta luego, Dawn".

"Hasta luego, mamá", respondió Dawn mientras

dejaba su vaso de jugo sobre la mesa. "Te quiero".

"Yo también os quiero a todos. Nos vemos pronto". Mamá sonrió mientras cerraba la puerta principal tras ella.

"Voy al mercado, una mierda", dijo la tía Sheryl en cuanto mamá se hubo marchado. "Parece que ella va a ser una puta casada. Ninguna mujer se arregla para ir al mercado. Piensa que somos estúpidos. Bueno, vosotros dos sois estúpidos. Dense prisa y coman para poder limpiar mi cocina".

"¡Mi madre no es una puta!" Exclamó Dawn.

"Awwww, ¿te he molestado? No te preocupes. Seguirás sus pasos. Una putita en potencia". La tía Sheryl miró a Dawn de arriba abajo mientras encendía un cigarrillo y lo metía entre los dientes. "Veo cómo miras a mi amigo cuando viene".

"Sólo viene una vez al mes, cuando recibes tu cheque de la seguridad social", dije, queriendo desviar la atención de Dawn. "Deja a mi hermana en paz. Vamos a limpiar su cocina".

"¿Con quién demonios crees que estás hablando? Tu pequeño culo podría dormir fuera esta noche. De todos modos, nunca los quise aquí".

Pasaron siete horas y no supimos nada de mamá. La tía Sheryl se negó a dejarnos usar el teléfono de la casa para llamar a la policía. Seguía diciendo que mamá estaba en algún sitio follando, así que no había nada fuera de lo normal. Estuve a dos pasos de cortarle la cabeza calva. Pero sabía que si una persona más resultaba herida a mi alrededor, seguro que me arrestarían. Sabía que tenía que tener cuidado, pero esta tía mía tan cabreada me estaba sacando de quicio.

Finalmente decidí irme a dormir, y si mamá no estaba en casa por la mañana, seguramente encontraría la manera de llamar a la policía. Me duché y me acosté en mi cama. Cuando metí las manos debajo de la almohada para mullirla, mis dedos rozaron un papel pulcramente doblado. Sentí mariposas en el estómago mientras desdoblaba lentamente el papel, sabiendo de algún modo que las palabras cambiarían mi vida para siempre.

Damien,

Estoy seguro de que a estas alturas te estás preguntando dónde estoy. Actúas como si fueras tan duro, pero sé que tienes un buen corazón. Estoy seguro de que esa perra de mi hermana ya ha empezado a hablar mal. Odio escribir estas palabras, pero me voy. Ya no puedo hacer esto. He intentado criaros a ti y a Dawn lo mejor que he sabido, y se hizo más difícil cuando papá se fue. No he sido la misma desde que dejamos nuestra casa y nos mudamos con el diablo. Te estarás preguntando cómo pude dejaros con ella. Me hice la misma pregunta al menos cien veces. Decidí que ambos podían manejarla. Si algo sé, es que mis hijos no aceptan ninguna mierda.

No estoy seguro de lo que le pasó a Brianna hace unos años, pero sé en mis entrañas que no le hiciste daño. Sólo quería que lo supieras. Antes de decidir ser una cobarde y dejarlos a ambos, reflexioné sobre mi tiempo como su madre, y era matarme o irme. Elegí irme. Puede que no tengáis una madre allí con vosotros, pero al menos tenéis una madre viva. Dale la noticia a Dawn con calma. Debes estar ahí para ella, ya que está realmente perdida sin ti. Y estar perdida no es un buen lugar para ella. Os quiero a las dos y dile a tu tía que le enviaré dinero mensualmente.

P.D. ¡Yo también tengo pesadillas! La única vez que no las tuve fue cuando papá y yo nos fuimos solos todos los años. Sigue luchando contra ellas.

Hice una bola con la carta y la tiré al suelo. Sentí una punzada instantánea de traición. Se me aceleró el corazón y sentí que se me formaba una pizca de sudor en la frente.

Me moví de un lado a otro mientras mi mente divagaba con pensamientos de engaño. Sabía que no podía decírselo a Dawn de inmediato. Era demasiado frágil. Me acerqué lentamente al papel hecho bola y releí la carta de mamá unas quince veces. Cuanto más la leía, más ganas tenía de arrancarle la cabeza.

Estaba enfadado y frustrado, pero también era comprensivo. Mis emociones eran imprevisibles y rebeldes. Nunca imaginé que mamá no estuviera en mi vida. Me molestaba no tener su amor maternal en mi presencia. No importaba el mal que viviera dentro de mí; ella era mi madre. Tenía un compromiso moral como mi madre, y estaba obligada a amarme incondicionalmente.

No podía entender por qué había mencionado las pesadillas en ese momento. Me imaginé a mamá escribiendo la carta mientras yo estaba sentado en la mesa disfrutando de su gran desayuno. La imaginé frotando mi brazo para despertarme del terror del señor Ralph. Nunca supe que mamá tuviera pesadillas, y eso me hizo sentir curiosidad. Incluso me pregunté qué había hecho en su vida para que el mal la persiguiera durante la noche brumosa.

Yo soy, de hecho, su hijo. ¿Y si ella era el mal que vivía dentro de mí? Inmediatamente deseché ese pensamiento. El corazón de mamá era puro, y de ninguna manera había hecho nada para dañar a un ser vivo. Entonces me pregunté cómo podía dejarnos con esta bruja de tía. Mis pensamientos divagaron hasta que finalmente me dormí alrededor de las tres de la mañana.

A las 5:10 de la mañana, me despertó bruscamente el frescor del agua helada arrojada sobre mi cuerpo. Me dio un escalofrío instantáneo. Sentí un cubito de hielo bajo mi axila y lo tiré al suelo.

Sentí que seguía soñando. Estaba inquieto y desconcertado. Me froté las manos por la cara para asegurarme de que estaba despierto. Las gotas de agua resbalaban por mi suave piel. El frío del agua sumergía mi cuerpo. Por fin me di cuenta de que no estaba dormido. El frío invernal de mi ventana agrietada era una prueba más de que alguien me había tendido una emboscada.

"¡Levanta tu perezoso trasero!" La tía Sheryl me gritó en la cara. "La zorra de tu madre no ha vuelto. Necesito unos cigarrillos y unos bocadillos".

"¿Por qué me has echado agua encima?" Pregunté, tirando de mi camisa empapada sobre mi cabeza.

"La verdad es que sólo quería hacerlo. Realmente no me gustas ni tú ni esa pequeña que se parece a ti. Es la que menos me gusta de todas. Tu madre tuvo el valor de venir aquí después de lo que pasó cuando éramos más jóvenes. Pero no importa eso ahora, vístete".

"¿Qué pasó cuando eras más joven?" Dije, todavía desorientado. "¿Y vestirme para qué? Son las cinco de la mañana".

"He dicho que no importa. Vístete y ve a por mis cigarrillos". Se detuvo en la puerta, con el cigarrillo en la mano, y de repente frunció el ceño como si acabara de recordar algo. "Oh. Por casualidad no has tenido noticias de tu madre, ¿verdad?"

"Por supuesto que no". No parecía estar segura de si debía creerme, así que seguí hablando para distraerla. "¿Puedo traer tus cigarrillos más tarde? Todavía está oscuro afuera".

"Déjame descubrir que tienes miedo a la oscuridad". Se rio. "Déjame decirlo así: puedes irte ahora o esperar a que haya luz. Pero prepárate para dormir fuera en el porche esta noche por hacerme esperar". Sonrió mientras me entregaba un billete de veinte dólares enrollado, lo que me hizo pensar al instante en la nota de mamá. Volví a ponerme furioso.

Le arrebaté el dinero. "No creo que sea inteligente despertarme de esta manera. No soy quien crees que soy, y no quieres descubrirlo, no si sabes lo que te conviene".

"¡Bueno, puedo mostrarte quién soy ahora mismo!" Levantó su gran brazo, con la piel colgando como la barba de un pollo. Tuve una visión de la piel de la axila antes de que su mano me diera una bofetada en la cara todavía húmeda.

Solté un grito ahogado mientras me caía hacia atrás y me apoyaba en la cómoda.

"Y por empezar todo el drama de esta mañana", dijo la tía Sheryl, limpiándose la mano en el torso, "tu castigo será no desayunar". Se alejó sin decir nada más.

Creo que estaba más molesto por haber expresado mi dolor en voz alta que por el dolor en sí. Le había hecho saber que me había hecho daño, lo que provocó en mí una rabia que no pude controlar. Quería matarla en ese mismo momento. No sólo me había abofeteado, sino que no se había bañado en meses. Quién sabía lo que había en sus sucias manos. Tenía dieciséis años y podría haberle dado una patada en el culo sin problemas.

Corrí al baño y me lavé la cara. Dawn llegó corriendo al baño detrás de mí.

"¿Sabes algo de mamá?" preguntó Dawn, rebotando con entusiasmo sobre sus pies. "¿Ha llamado?"

"No", respondí, con la voz baja e irritada. "Olvídate de mamá, Dawn".

Dawn se acercó, estudiando mi cara en el espejo. "¿Qué hizo la tía Sheryl ahora?"

"La gran perra me abofeteó. ¿Te lo puedes creer? ¿Te ha pegado antes?"

"No, pero me dijo que me metería un palo de escoba en mi culo de zorra si volvía a desobedecerla".

"Dawn, odio decirte esto. Mamá se ha ido. No va a volver. Todo lo que tenemos es el uno al otro ahora".

"¿Qué quieres decir? Mamá nunca nos dejaría sin más. Especialmente no con ella. Sabe lo mal que nos trata la tía Sheryl". La voz de Dawn se redujo a un susurro, y siguió mirando hacia la puerta para asegurarse de que estábamos solos.

Dawn, no tengo tiempo para explicarte ahora mismo. Mamá está a salvo, pero nos ha dejado. Ella..."

"¡Pequeño feo!" La tía Sheryl gritó por las escaleras. "¿Has terminado de llorar? Todavía estoy esperando mis cigarrillos".

Apreté los puños. "¿Ese monstruo acaba de llamarme feo? Estoy a un segundo de matarla".

"No digas eso. Ve a buscar sus cigarrillos y yo le prepararé el desayuno. Ya me contarás más cosas sobre mamá después". Dawn me plantó un rápido beso en la mejilla antes de alejarse a toda prisa.

Caminé hacia la tienda en medio de un frío abrasador. El viento me golpeó la cara, de forma similar a como me había golpeado la tía Sheryl. Pensé en mamá y sonreí. Cuando Dawn y yo éramos más jóvenes, de unos cuatro años, mamá nunca nos dejaba salir en días fríos como este. Nos preparaba tortitas y chocolate caliente. A veces paseábamos por la casa con mantas y veíamos películas. Era increíble, acurrucarse juntos en el sofá. Papá nunca estaba en casa en esos días fríos. Me preguntaba dónde había estado.

Cuando volvía de la tienda, podía oler la comida incluso antes de abrir la puerta. Estaba emocionada por comer. La tía Sheryl se había negado a darnos de cenar porque habíamos desayunado mucho con mamá. Así que nos habíamos ido a la cama con hambre.

"Aquí tenéis vuestros cigarrillos y aperitivos". Le entregué la bolsa a la tía Sheryl. "¿Puedo ir a comer ahora?"

La tía Sheryl me arrebató la bolsa de la mano. "No sé qué vas a comer. Has tardado tanto que me he comido tu parte. Pero no te preocupes, puedes comer a la hora de la cena".

"Anoche no cené, ¿y ahora no desayuno?"

"¡Damien!" Dawn gritó desde la cocina. "Ven a ayudarme a limpiar estos platos, por favor".

"Sí, Damien", se burló la tía Sheryl. "Ve a ayudarla a limpiar, mi pequeña esclava. Y cuando termines eso, puedes lavar la ropa y fregar el suelo del baño".

Me observó para ver qué decía. Pero en lugar de responderle, la ignoré y me uní a Dawn en la cocina.

"He guardado algo de mi comida para ti", dijo Dawn, entregándome una tortita envuelta en una servilleta. "Si mamá se ha ido de verdad, tendremos que cuidarnos mutuamente", dijo Dawn.

"Gracias, Dawn, tenía mucha hambre. Me alegro de que te haya dado de comer, al menos".

"No lo hizo. Lo hice a escondidas mientras cocinaba su comida. Tenía el presentimiento de que no nos iba a dar de comer". Dawn sacudió la cabeza con cansancio. "Entonces, cuéntame más sobre mamá. ¿Cómo sabes que no va a volver?"

Devoré el panqueque que Dawn me había dado y le entregué la carta.

Para mi sorpresa, Dawn permaneció tranquila mientras terminaba de leer la carta y me la devolvía.

"Entonces, ¿qué te parece?"

Dawn siguió limpiando la encimera de la cocina. "Creo que ahora sólo nos tenemos el uno al otro". Su rostro no se inmutó.

Decidimos mantenernos juntos y asegurarnos de que los dos teníamos comida. Sabíamos que no queríamos ir a una casa de acogida. Hicimos un pacto de gemelos prometiendo con un dedo que nos cuidaríamos el uno al otro. Nos aseguraríamos de comer siempre y compartiríamos las tareas.

A la tía Sheryl le desagradaba Dawn más que yo. La degradaba, día tras día, decía que era una zorra y que algo malo vivía dentro de ella. La tía Sheryl también empezó a abofetear a Dawn. Estaba perdiendo la paciencia con la tía Sheryl, y Dawn lo sabía.

La tía Sheryl no tenía amigos, así que hablaba con la señora del correo cuando podía. A menudo, la cartera intentaba evitarla, pero a veces se le acababa la suerte y tenía que lidiar con el hedor de nuestra tía.

Un día oí llegar el camión del correo y me

encontré con la esperanza de que recibiéramos el correo de mamá, lo que sería una novedad. Dawn rara vez hablaba de mamá, y había dejado de buscarla después de las primeras semanas.

Oí a la tía Sheryl abrir la puerta principal. Me quedé en la sombra del comedor con la oreja pegada a la puerta para escuchar.

"Hola, chica, te he echado de menos el último par de visitas", dijo la tía Sheryl en tono de beso. "¿Cómo estás?"

"Hola, Sheryl. He estado bien. Sólo trabajando. ¿Y tú?" Los ojos de la cartera vagaron por la calle como si hubiera preferido estar en cualquier lugar menos donde estaba. Se apresuró a subir los escalones hasta el porche delantero.

"Chica, ha sido un desastre. Mi zorra, quiero decir *promiscua* hermana, dejó a sus dos hijos aquí. ¿Puedes creerlo?" Ahora estaba en pleno modo de cotilleo.

"¿Simplemente los dejó? ¿Te has asegurado de que está bien?"

"Ella está bien. Ella huye de su mierda todo el tiempo. Hizo lo mismo cuando éramos jóvenes: robó a mi hombre y huyó".

"Sheryl. Lamento escuchar eso. Es grande que la perdones". La cartera rebuscó en su correo mientras ponía un montón en la mano de Sheryl.

"No la he perdonado. Simplemente apareció aquí

con sus hijos. Seguro que estaba huyendo de algo que había hecho de nuevo. Por no hablar de que son hijos de un hombre que ella me robó, el descaro de algunas personas. Estuve saliendo con Jerome primero, y chica, está bien. Un vaso alto de sensualidad. Luego, lo siguiente que sé es que están saliendo a mis espaldas". Después de un momento, añadió con naturalidad: "He oído que le pagaba por sexo".

"Bueno, se casó con ella y tuvieron hijos. Tal vez debas olvidarte de eso". Ella miró hacia el camión. "Estoy en medio de..."

"¿Dejarlo pasar?" Repitió la tía Sheryl, con las manos en las caderas. "¿Qué sabes tú de eso? Estos deberían ser mis hijos, no los de ella. Yo debería haber sido su esposa, no ella. Luego sale corriendo para dejarme con sus hijos bastardos. Y esa niña es la peor de todas. Puedo ver a través de ella. Es una pequeña puta malvada".

"Sheryl, realmente tengo que ir a terminar mis entregas. Ya sabes lo ocupados que son los lunes". La señora del correo se apresuró a bajar los escalones.

"¡Bien, chica, te veré en unos días!" gritó la tía Sheryl.

Me levanté a toda prisa y corrí a la cocina. Si antes no había pensado que la tía Sheryl estaba loca, acababa de demostrarlo. Tenía que estar mentalmente enferma para pensar que papá la hubiera querido a ella antes que a mamá.

Incluso en su juventud, la tía Sheryl había sido un desastre. Su vieja foto de graduación, de la que a menudo presumía, colgaba de la pared del salón. Era una imagen espantosa de ver. Mostraba a la tía Sheryl con un vestido azul, el lápiz de labios manchando sus dientes superiores como un corte sangriento mientras posaba para la foto. Tenía suficiente pelo bajo las axilas como para hacerse una cola de caballo. Mamá, en cambio, había sido elegida reina del baile. Estoy segura de que papá nunca habría elegido a la tía Sheryl en lugar de a mamá. Ahora me quedaba claro por qué odiaba tanto a mamá.

"¡Damien!" La tía Sheryl gritó. "No hay paseos gratis por aquí, muchacho. ¡Toma esa sal de Epsom del gabinete del baño y ven a remojar mis pies!"

10
LA CAÍDA

"No puedo respirar", rogué mientras jadeaba por aire.
"Yo tampoco puedo. Tú me mataste, ¿recuerdas?"
"Brianna, yo no te maté", supliqué mientras sus manos se apretaban, ahogándome. "Te follé, pero no te maté".
"Nos mataste a los dos. Estoy cansada de pudrirme. Di la verdad, Damien". Brianna golpeó mi cabeza contra el hormigón.
"Pues sí me mataste", dijo el señor Ralph, apareciendo de repente y caminando hacia mí con una escopeta. "¿Cuánto tiempo crees que puedes mantener tu secreto? Te estás haciendo mayor y cada vez es más difícil de ocultar".

Justo cuando el Sr. Ralph puso el dedo índice en el gatillo, me desperté con un chillido que me dolió en los oídos. Era el sonido de algo que cambiaba drásticamente. Ya había escuchado ese sonido antes. Era el sonido de la miseria, o podría ser el sonido justo antes de la muerte de alguien. Hay un sonido tan preciso de base en la voz de alguien cuando está soportando el dolor. Me emocionó. Me levanté de un salto y, por primera vez en años, me salté el cepillado de dientes. Inmediatamente corrí hacia el sonido. Me paré en lo alto de los escalones y miré hacia abajo mientras veía el cuerpo de la tía Sheryl retorcido como un pretzel.

Finalmente vi que uno de sus párpados se cerraba y volvía a abrirse, lo que indicaba que aún estaba viva. Estaba tumbada con los ojos grandes llenos de dolor y miedo. La consolé con una sonrisa.

Me dirigí al cuarto de baño, me lavé los dientes y me cepillé las ondas del pelo durante unos cinco minutos. Fui a la pequeña caja de una habitación en la que Dawn había estado durmiendo, y la encontré roncando. Me alegré de que estuviera dormida, así podría ocuparme tranquilamente de la tía Sheryl. Pensé en tomar una almohada y ponerla sobre su fea cara y sofocar cada gramo de oxígeno de su gordo y frágil cuerpo. Ese pensamiento se esfumó rápidamente cuando me di cuenta de que, si la mataba, Dawn y yo nos convertiríamos en hijos del Estado.

El descuidado trasero de mamá aún no había regresado, y no había manera de que me metieran en el sistema. En ese momento, decidí torturar al monstruo. Sabía que nadie vendría a ver cómo estaba. La señora del correo se sentiría aliviada de no verla, y seguramente no preguntaría dónde estaba. El único hombre que venía, sólo venía el día de su cheque, y llamaba una semana antes. Bueno, por suerte para nosotros, ella acababa de recibir su cheque, así que eso me dejaba tres semanas para divertirme.

"¡La has cagado, zorra!" Dije mientras bajaba las escaleras. "Permitiste que tu tonto trasero se cayera por las escaleras".

"Mmmmmmm, mmmmm", gimió la tía Sheryl.

"Mmmmmmm, mmmmm-¿Qué? ¿Te duele? ¿Quieres que te llame una ambulancia?" Mi voz goteaba de sarcasmo.

"¡Mmmmmm!" Ella asintió. Sus ojos eran grandes de emoción, como un niño al que le ofrecen un helado antes de la cena.

"Debes estar loca. ¿Crees que voy a conseguirte ayuda? Nadie te quiere. ¿No es eso lo que nos dijiste? Nadie nos quiere. Sabes que nadie va a comprobar cómo estás o a llamar. Así queeeeee, podría dejarte aquí durante semanas". Sonreí mientras bajaba dos escalones más.

"Rahhhh, mmmmmm", suplicó sin decir una palabra.

"Deja todos esos malditos sonidos de animales y habla. En realidad, no hables. Tu aliento apesta y me revuelve el estómago". Fruncí el ceño. Empecé a cantar lentamente, con voz entrecortada: "Tú y yo estamos aquí para siempre. Te irás de esta casa, ehm, NUNCA". Salté dos pasos más y canté más fuerte: "Tú y yo estamos aquí para siempre. Te irás de esta casa, uhm, NUNCA".

Ahora estaba encima de su cuerpo, y vi una sola lágrima salada rodar por su mejilla. No sentí más que alegría. Cuanto más me acercaba, más se deslizaba su olor bajo mi nariz. Me di cuenta de que olería a muerte si la dejaba allí durante semanas. Su olor corporal ya era muy desagradable.

Me fijé en los pies llenos de costras que me había hecho frotar el día anterior y empecé a saltar sobre ellos. Salté sobre sus pies y tobillos, y ella emitió un fuerte sonido. Cogí mi mano derecha, levanté el brazo por detrás del hombro y, a toda velocidad, le golpeé la cara. Sus mejillas vibraron. Me reí mucho y fuerte. Ella parecía temerosa y aturdida. La abofeteé una y otra vez. Entonces empecé a abofetearla con la mano izquierda. Fueron un total de diecisiete bofetadas antes de que oyera los pasos de Dawn saliendo de la vieja habitación en la que dormía.

"¡Damien! ¿Qué estás haciendo? ¿Qué ha pasado?" La voz de Dawn era frenética.

"Cálmate, Dawn. Se cayó por las escaleras ella sola. Sólo la abofeteé un par de veces por todas las cosas que nos hizo".

"Oh, Dios, Damien. Nos enviarán a una casa de acogida". Hizo una pausa y luego sus ojos se entrecerraron. "¿Simplemente se ha caído por las escaleras? ¿De verdad, Damien?"

"Sí, lo hizo. Ojalá la hubiera empujado, pero no lo hice. Escúchame, Dawn, todo va a estar bien. Ahora tengo el control".

"No te estoy escuchando. Siempre hay alguien que sale herido a tu alrededor. Sí, es una mujer malvada, pero la tía Sheryl es todo lo que tenemos, especialmente desde que mamá..." Dawn se detuvo a mitad de la frase.

"Que se joda mamá, Dawn", dije en tono hiriente.

"¿Que se joda mamá? No. Jódete tú, Damien".

"¿Que me joda? ¿Tu gemelo? Escucha, Dawn. Tengo un plan, y sólo necesito que lo sigas. Esto funcionará. Créeme".

"A mí tampoco me gusta la tía Sheryl, pero no te ayudaré con esto. Vamos a llamar a una ambulancia. Por favor, Damien. Si no la empujaste, no habrá problema. Hasta ahora, lo único que hiciste fue darle una bofetada, ¿no?"

"¿Estás escuchando? No vamos a conseguirle a esta perra ninguna ayuda. Vamos a alimentarnos, comprar lo que necesitamos y mantenerla viva".

"Tía Sheryl, ¿puedes hablar?" preguntó Dawn desde lo alto de la escalera. La tía Sheryl no respondió, sino que empezó a temblar incontroladamente. No estaba teniendo un ataque, estaba temblando de miedo.

"Deja de temblar. Dawn no puede ayudarte. ¿Dónde está tu cartera, gorda?"

Este fue el primer día de la caída. Aunque Dawn estaba en contra de mi plan, dejó claro que no se cruzaría conmigo, y cumplió su palabra de que nos mantendríamos unidos.

Cada vez que Dawn se acercaba a la tía Sheryl, ésta temblaba incontrolablemente. Como aparentemente no podía hablar, supongo que intentaba demostrarle a Dawn lo asustada que estaba. Qué patético. Me resultaba extraño que no pudiera hablar. No podía entender por qué la caída le había hecho perder la voz. Me recordaba al tío Robby. Él perdió la voz y se quedó mudo. Papá me culpó tanto que admití haberlo hecho. En realidad, no le había quitado la voz al tío Robby. No sabía cómo tomar la voz de alguien. Eso es absurdo.

Dejamos a la tía Sheryl en el mismo lugar donde se cayó durante semanas. Olía fatal, y a menudo gemía en mitad de la noche. Había hecho múltiples deposiciones, y estaba más que enojada. El trabajo de Dawn era darle agua para el baño, pero no comida. Dawn seguía diciendo que se moriría si no le dábamos comida. Después del segundo día, acepté darle sólo comida para gatos.

Dawn nos preparaba la comida y yo controlaba el dinero. Las dos evitábamos subir y bajar las escaleras para no tener que ver ni oler a la tía Sheryl. Nos tapábamos la nariz antes de entrar en la escalera y pasábamos corriendo por delante de ella. Dawn se quejaba a menudo de ser la que la alimentaba porque tenía que acercarse lo suficiente para darle la comida y el agua del gato, y el olor era abrumador. Le dije que empezara a alimentarla sólo una vez al día. De todos modos, le vendría bien perder unos cuantos kilos. Los días pasaban rápido. Aunque había ideado este plan, no había decidido qué hacer con la tía Sheryl después de las tres semanas, cuando llegó el siguiente cheque.

Aunque la tía Sheryl no sabía hablar, podía escribir. Aunque intentáramos arreglar lo que se había hecho, siempre podría decirle a la policía que la habíamos torturado. Bueno, en realidad Dawn no había hecho nada. Yo era el que la había torturado. De vez en cuando la abofeteaba sin motivo. Una noche no paraba de gemir y me volvió loco. Ya me costaba dormir por las pesadillas; no necesitaba que su ruido me despertara. Me levanté, bajé los escalones y me saqué el pene. La tía Sheryl parecía aterrada.

"¿Qué crees que voy a hacer con este pene que me dio mi papá? Estabas enamorada de él, ¿verdad?" Lo moví de un lado a otro.

"Mmmmm", gimió más fuerte, quizá esperando que Dawn la oyera y viniera a salvarla.

"Jaja. ¿Crees que le haría algo sexual a tu culo de mierda y meado? Ja. Estás más loca de lo que pensaba. Estoy a punto de usar este pene para orinar sobre ti. ¿Estás lista?" Como si ella pudiera responder.

La oriné por todas partes: su cara, su pelo, incluso sus pies llenos de costras. Fue tan degradante, incluso para mí. Ella mantuvo los ojos cerrados todo el tiempo. En ese momento supe que se arrepentía de habernos maltratado. Para mí, eso fue suficiente para detener la tortura. Ese era el cierre que necesitaba. No había nada más que pudiera hacerle sin matarla. No era necesario hacer nada más: la tía Sheryl ya había sufrido bastante. Estar doblada en el suelo como un pretzel se estaba convirtiendo en una carga para Dawn y para mí. Con la tía Sheryl allí tumbada entre sus heces, su orina y mi orina, comiendo comida de gato todos los días, bebiendo agua del retrete, y perdiendo sus piernas y su voz, era realmente suficiente.

Al día siguiente, fui a una tienda de suministros médicos. Compré una silla de ruedas por ochenta y nueve dólares y un asiento de ducha por cuarenta y nueve dólares. Los llevé conmigo en dos autobuses. Conseguí un cartón de cigarrillos de otra marca en la calle por veinticinco dólares. Me gasté cinco dólares en dos envases de toallitas para bebés y volví a la casa.

Dawn seguía durmiendo cuando entré en la casa. El olor de la tía Sheryl había llegado hasta la puerta principal. El tipo que se la tiraba una vez al mes ya había llamado una vez. Le dijimos que estaba en el mercado. Sabíamos que volvería a llamar a la semana siguiente para empezar a aderezarla para el día del cheque.

Desperté a Dawn y le dije que teníamos que hablar. Dawn y yo nos quedamos al pie de la escalera junto al cuerpo de la tía Sheryl. Me di cuenta de que mi hermana pensó que el tiempo de nuestra tía había llegado a su fin y que estábamos a punto de matarla. Dawn estaba equivocada.

"Mira", dije, tapándome la nariz mientras hablaba. "Han sido tres semanas de locura. De ninguna manera me estoy disculpando. Te mereces todo lo que tienes. Creo que has aprendido la lección y es hora de seguir adelante".

Dawn seguía limpiando la costra de sus ojos. "Damien, ¿de qué estás hablando? Es demasiado pronto para esto".

"Estoy hablando de hacer un acuerdo que beneficie a todos. Este es el trato, Sheryl. Ahora te llamas Sheryl, simplemente Sheryl. Creo que todos estamos de acuerdo en que ya no es necesario reconocerte como nuestra tía".

"Sheryl, lo es", respondió Dawn.

"Sheryl, escucha. Te recogeremos del suelo, te limpiaremos, te pondremos en esa silla de ruedas de ahí, te daremos cigarrillos, comida y cerveza. Te aparcaremos delante de la televisión, donde te has quedado todo el día de todas formas". Señalé con la cabeza hacia el salón. "Nada será diferente. A cambio, nos quedaremos aquí durante nuestros dos últimos años como menores. Nos iremos cuando cumplamos dieciocho años, y nos darás a cada uno quinientos dólares y no volverás a saber de nosotros".

"¿Estás loco?" dijo Dawn, frustrada. "Eso nunca funcionará. Se lo dirá a la policía a la primera de cambio". Dawn se cubrió la nariz con el pliegue de su brazo.

"Ella no tiene elección. Nadie va a ocuparse de ella. Probablemente esté paralizada. Si va a un hogar, no tendrá nada de lo que le gusta, como sus cigarrillos y su bebida. Al menos, así puede permanecer en la comodidad de su casa".

Le entregué a Sheryl un cigarrillo. Saqué un mechero del bolsillo trasero y se lo encendí. Ella cogió rápidamente el cigarrillo e inhaló profundamente. El humo empeoró el olor a orina.

"Damien, ella es malvada, y tú lo sabes. Lo contará con gusto, y nos iremos al reformatorio". Dawn negó con la cabeza.

"Sheryl, mírame. Sabes que tengo poderes especiales, ¿verdad? Es el poder que te dejó muda. Puedo hacer cosas mucho peores que eso. Esta es tu única opción. Incluso consideraré devolverte la voz". No tenía ni idea de lo que le había pasado a su voz, y tampoco tenía poderes especiales, pero ella no lo sabía.

"Asiente con la cabeza si estás de acuerdo", exigió Dawn.

Sheryl asintió con la cabeza.

"¡Bien, genial!" Dije mientras aplaudía.

"De acuerdo, Damien. Voy a estar de acuerdo con esto. ¿Quién va a bañarla?" Dawn se pellizcó la nariz.

Encontramos tijeras y guantes en el cajón de la cocina. Le quitamos a Sheryl la ropa que había llevado durante las últimas tres semanas. Fue horrible. Cogimos una bolsa de basura y tiramos la ropa a la bolsa. La hicimos rodar hacia un lado y le quitamos las heces del culo y la espalda con las toallitas para bebés. Su pelo estaba enmarañado y olía a orina. Decidí cortarlo. Se lo corté como había hecho con el pelo de Dawn años atrás. Sonreí al recordar a Dawn con su pelo destrozado, que había vuelto a crecer por completo desde entonces.

Después de cortarle el pelo a Sheryl, necesitábamos un descanso antes de levantarla para bañarla. Por suerte, había un baño completo en el primer piso. Mis abuelos habían renovado esa parte de la casa antes de fallecer. Le encendí otro cigarrillo a Sheryl mientras estaba desnuda de lado.

Dawn puso una sábana encima de la silla de ruedas para que no se ensuciara. Levantamos el pesado cuerpo de Sheryl y la pusimos en la silla. En realidad, había perdido algunos kilos por haber comido tan poco mientras estaba en el suelo. Sin embargo, seguía pesada y con sobrepeso. Dawn estaba molesta y sentía que no debía ayudar. Le recordaba constantemente sobre el reformatorio, y ella cambiaba de opinión. Las piernas de Sheryl no parecían rotas, o tal vez era inmune al dolor. La llevamos a la ducha y conseguimos ponerla en el asiento.

"Dawn, lávala tú y yo iré a limpiar la caca y la orina del suelo", exigí.

"¡No! Lávala tú. Ha sido tu brillante idea".

"Sólo hazlo. La próxima vez puede hacerlo ella misma". Cerré la puerta del baño tras de mí.

Limpié toda su mierda del suelo y fregué todo el piso de abajo con cloro y sol de pino. La vestimos, le dimos de comer y la sentamos frente al televisor.

Le dije que podíamos llamar a una ambulancia para que le revisaran las piernas. Ella escribió en un papel que estaba bien. Sabía que me había ganado su confianza. Tuvimos algunas peleas durante los dos años siguientes, y me encontré abofeteándola aquí y allá. Era una relación muy destructiva.

Su hombre de una vez al mes cortó con ella

después de ver su pelo cortado y la silla de ruedas. Supongo que finalmente pensó que no valía la pena el dinero.

Nos mudamos a los dieciocho años, como acordamos. Sheryl nos dio quinientos dólares a cada uno, como se había acordado. Nos preguntó si iríamos al mercado por ella una vez al mes y le compraríamos cigarrillos y alcohol. Dijimos que lo haríamos, pero los dos sabíamos que nunca volveríamos.

Cumplimos nuestra palabra en todo lo demás, excepto en devolverle la voz. Creo que era mejor que se quedara callada de todos modos. Podía mantener esa maldita bocota suya cerrada.

11

ÉL HA VUELTO

"¡Damien, Damien!", suplicó una chica, de espaldas a mí. "¿Me oyes? Ayúdame. Por favor, ayúdame".

"No puedo verte. ¿Para qué necesitas ayuda? Deja de decir mi nombre".

"Pero te necesito, Damien. Sólo tú puedes salvarme. Sólo tú. Sólo tú".

"Date la vuelta para que pueda ayudarte", le indiqué a la chica. "Sólo muévete despacio".

"Me alegro de que puedas ayudar. Ahora empieza a contarle a todo el mundo lo que me hiciste". El Sr. Ralph se dio la vuelta para mirarme, todavía vestido como una niña.

Me levanté de un salto. Dawn y yo teníamos ya veintitrés años. Habíamos pasado por muchas cosas. Hacía años que no tenía una pesadilla con el Sr. Ralph y me sorprendió ver su fea cara apareciendo en mis sueños.

Estaba pasando el fin de semana en casa de Dawn para intentar encontrar a nuestra madre. Mamá se había ido hace años y aún no había regresado. Sabíamos que estaba viva porque nos enviaba postales con un mísero billete de cincuenta dólares cada Navidad. Había dejado de enviarlas hacía un año, lo que nos alarmó. Mamá había interrumpido todo contacto, y eso no era propio de ella. Sin embargo, no sabíamos en qué se había convertido mamá después de irse.

Después de dejar la casa de la tía Sheryl hace unos años, nuestras vidas cambiaron drásticamente. Dawn se mudó con su novio, Craig. Craig es alto y guapo, con un cuerpo musculoso. Tiene unos dientes excepcionalmente rectos y su tez oscura es suave, no seca, pero sí suave.

Dawn conoció a Craig en la fiesta de su vigésimo cumpleaños. Apenas recibí una invitación a la fiesta de Dawn. Ella dijo que pensaba que yo querría hacer mis propias cosas en nuestro cumpleaños, como si hubiéramos superado el tema de los gemelos.

Dawn había cambiado mucho y a menudo actuaba como si yo fuera una carga para su ahora ajetreada vida. Se había convertido en una joven impresionante. Siempre había sido atractiva, pero de niña había sido poco favorecida: poco desarrollada, con la complexión de un niño, con una cara preciosa, pero aún pasando por esa incómoda etapa de crecimiento en la que tus dientes son más grandes que tu boca.

Ahora, Dawn era una versión más delgada de mamá. Tenía una buena cantidad de curvas que se ajustaban a su cuerpo de 60 kilos. Su rostro era increíblemente bello. Era difícil no mirar su piel lechosa e impecable. Sus labios rosados y carnosos se asentaban perfectamente bajo su nariz definida, y su largo cabello indómito caía suelto por su espalda. Por lo general, Dawn era una fanática del ejercicio, y su cuerpo reflejaba todo su duro trabajo. Sin embargo, últimamente parecía haber aflojado en el gimnasio, y se veía un poco regordeta cuando la vi.

Mi vida después de lo de Sheryl no fue tan dulce. Viví en un motel durante dos semanas hasta que se acabaron los quinientos que me dio Sheryl. Dormí en la calle muchas noches, y cuando hacía mucho frío, no tenía más remedio que llamar a la puerta de Sheryl. Me dejó dormir en el sótano algunas veces, que a veces parecía más frío que el exterior.

Sheryl siempre me recordaba que debía salir al día siguiente dejando una amable nota en lo alto de la escalera del sótano. Una vez, sabiendo que ya no podía perseguirme por la casa, me negué a quedarme en el sótano. Para entonces ya no estaba en la silla de ruedas, pero seguía moviéndose a paso de tortuga, así que pude dormir donde quise y todo el tiempo que quise. Me quedé allí tres semanas. Me pasé de la raya y nunca más me dejó entrar. Conocí a algunos amigos a lo largo de los años que me dejaban dormir en sus casas de vez en cuando.

Nadie me enseñó a conseguir un trabajo o cualquiera de las otras responsabilidades que conlleva ser un adulto. Me dejaron solo para que me las arreglara. Dawn solía ignorar mis llamadas. Ahora es muy atenta porque tengo un trabajo y mi propia casa. Sabe que no le pediré dinero ni me quedaré en el piso de la suya.

Hacía unos meses que no veía a Dawn. Hablábamos por teléfono quizá dos veces al mes. Decidimos pasar el fin de semana para ponernos al día e idear un plan para encontrar a mamá. Craig, el novio de Dawn, tenía previsto estar fuera el fin de semana por un viaje de negocios, pero al parecer se canceló porque estaba allí con nosotros siendo la tercera rueda.

"Entonces, Damien, ¿estás saliendo con alguien?" preguntó Dawn mientras nos servía jugo de naranja.

"Ahora mismo no. Acabo de poner mis cosas en orden, ya sabes. Me he centrado, de verdad". Cogí mi vaso, intentando no derramar el jugo.

"Sí, me alegro de que hayas conseguido un trabajo y un lugar. Estoy orgullosa de ti, gemelo. ¿Dónde crees que está mamá ahora?"

"¿Así que no estás viendo a nadie?" Intervino Craig, levantando pesas en la habitación de al lado.

"Craig, no empieces", dijo Dawn. "Métete en tus asuntos".

"¿Qué? Me parece extraño que nunca tenga a nadie. En todos los años que os conozco, nunca le he visto con nadie".

"Todos los años que te conozco, has estado en mis cosas", respondí, dando un sorbo a mi jugo de naranja. "Me parece extraño".

Dawn levantó las manos. "¿Pueden todos volver a meterse la polla en los pantalones, por favor?".

"Pensé que no iba a estar aquí este fin de semana", dije. "De todos modos, volviendo a mamá. Por eso estoy aquí, ¿no?" Miré a Dawn.

"Lo último que supe es que vivía en Baltimore", respondió Dawn.

"¿Baltimore? ¿A quién demonios conoce allí? Por fin me he puesto al día con todas mis facturas, así que estaba pensando en contratar a un investigador privado".

"No creo que necesitemos uno. Podemos hacer la mayoría de las cosas en línea en estos días. Ahorra tu dinero".

"Sí, ahorra tu dinero para no tener que estar pidiéndonos nada", murmuró Craig.

"¡Es todo! Estoy harto de tu culo. ¿Quieres decir cuál es tu verdadero problema, hermano?" Me levanté. "¡Ponte de pie! Saca esa mierda de tu pecho".

"Siéntate, Damien", dijo Dawn. "¿Por qué te cuadras como si estuvieras en la calle? Es mi prometido. No hacemos eso aquí".

Mis labios se separaron con sorpresa.

"¿Prometido? ¿Cuándo te comprometiste?"

"Te lo iba a decir este fin de semana", respondió.

"Esto ha ido demasiado lejos, Craig", le respondí.

"¿Cómo que ha ido demasiado lejos?" Preguntó Dawn, alzando la voz. "¿No soy digna de ser su esposa? ¿O estás celoso porque mi vida va bien?".

"¿Celoso? Somos iguales. En realidad, antes de que ambos digamos algo de lo que nos arrepentiremos, me voy. Te veré la semana que viene. Podemos hablar por teléfono para encontrar a mamá". Empecé a recoger mis cosas.

"Sí, creo que es lo mejor", afirmó Dawn mientras se levantaba, cogía mi abrigo de su elegante sofá de cuero y me lo entregaba bruscamente.

Cogí el ascensor para bajar al garaje. En cuanto abrí la puerta para ir a mi coche, sentí un fuerte puñetazo en el ojo izquierdo que me hizo caer al suelo. Antes de que pudiera levantarme, mi atacante me dio una patada en la tripa y otra más. Me puse de espaldas y me agarré a la grava del suelo con los puños cerrados. Antes de que pudiera ver por completo quién me estaba golpeando brutalmente, otro puñetazo cayó en mi sien lateral y empecé a perder el conocimiento.

Me defendí, pero sentí que sólo golpeaba el aire. Mi atacante me arrastraba ahora, con la espalda rozando el duro cemento. Yo daba patadas y golpes. Me sorprendió escuchar una voz familiar.

"Llevaba mucho tiempo esperando para darte esta paliza", dijo papá mientras me pisoteaba la cara en el suelo.

"¡Papá, para!" Murmuré débilmente. "¡Soy tu hijo!"

"¿Mi hijo? ¿Mi hijo? ¿Un hijo inculparía a su padre por asesinato?" Papá me golpeó en la mandíbula.

"¡Deténgase, deténgase!", gritó un guardia de seguridad, corriendo hacia nosotros. "¡Suéltelo, señor!"

"¡No me digas qué coño tengo que hacer! Este es mi hijo de mierda y le daré una patada en el culo como me dé la gana". Papá me dio una patada en la espalda para ilustrar su punto.

"¡Central, llamen a la policía!", gritó el guardia en su radio. "¡Tenemos una situación doméstica!"

"¡Toma, puedes tener este pedazo de mierda!" Papá me levantó y me lanzó hacia el guardia. "No quiero volver a la cárcel por esta escoria por segunda vez. Pero aún no he terminado contigo, Damien. ¿Me oyes, chico?"

"¿En qué apartamento estabas?", me preguntó el guardia.

Me limpié la sangre de los ojos. "Apartamento treinta y tres: mi gemela vive allí. Por favor, tráigala".

Esperé varios minutos solo, medio ciego de sangre, antes de escuchar la voz más reconfortante que se pueda imaginar.

"¡Dios mío, Damien!" dijo Dawn, rodeándome con sus brazos. "¿Quién te ha hecho esto? ¿Puedes caminar? ¿Qué ha pasado?" Me abrazó con fuerza, como solía hacer mamá.

"Fue papá", dije, con la voz cada vez más débil. "Papá lo hizo". Entonces me desmayé.

Me desperté en un hospital. Dawn, Craig y mi

terapeuta estaban allí para consolarme. Craig se disculpó por la pelea que habíamos tenido ese mismo día. Dawn se limitó a frotarme los brazos y a decirme que todo iría bien. Le creí.

La enfermera dijo que no podría conseguir un espejo hasta el día anterior a mi salida. Supongo que no estaría muy contento con mi nueva cara. Mi cuerpo se sentía frágil y roto. Tenía dos costillas fracturadas y múltiples hematomas, y había sufrido un traumatismo craneoencefálico por numerosos golpes en la cabeza.

Todos se marcharon al cabo de unas horas. Me fui a dormir. Al día siguiente me desperté con una visita inesperada.

"Hola, Damien". El detective Ross me sonrió. "Ha pasado mucho tiempo".

"¿Qué está haciendo aquí?" pregunté, molesto.

Silbó, sacudiendo la cabeza con lástima. "Tienes muy mal aspecto. ¿Quieres decirme quién te golpeó? Quizá pueda ayudarte".

"Fue mi malvado padre. ¿Se puede saber qué está haciendo afuera de la cárcel?"

"Oh, lo siento, no puedo hablar de temas familiares". Sonrió. "¿Sabías que tu padre estaba viendo a la señorita Clarisse? Ya sabes, la agradable joven que vivía a unas puertas de tu antigua casa".

"Sí, la conozco. Papá era un perro, ¿y qué?"

"Bueno, lo curioso es que tu papá se estaba tirando a Clarisse cuando el Sr. Ralph fue asesinado. Así que, él se fue esa noche. Mintió para proteger los sentimientos de tu madre. Clarisse admitió que estaba con tu padre, y él fue considerado inocente durante su segundo juicio. ¿Dawn no te lo dijo?"

"¿Dawn sabía que papá tenía un segundo juicio?" Pregunté.

"Sí, ella venía todos los días a buscar apoyo", respondió, sentándose al lado de mi cama. "El problema que tenemos ahora es que tu historia no ha cuadrado, Damien. Tenemos razones para creer que estuviste involucrado en el asesinato de Ralph Jones".

"Tienen razones para estar equivocados. ¿No tienes nada mejor que hacer que perseguir un caso de hace diez años?"

"Mentiste, Damien. Probablemente no sepas que visité a tu padre unas cuantas veces en la cárcel, y no tardé en darme cuenta de que lo inculpaste. ¿Por qué lo hiciste?" Dio un sorbo a su café, mirándome por encima del vapor.

"No hice nada. Si no estoy arrestado, me gustaría que se fuera".

"Es curioso que mencione lo de estar arrestado. La próxima vez que te vea, tendré un par de mis flamantes y brillantes esposas. ¿No tienes al menos curiosidad por saber cómo te has convertido en sospechoso?"

"No, pero *tengo* curiosidad por saber por qué llevas el mismo traje que el día que te conocí. ¿Y por qué estás persiguiendo el mismo caso de siempre? No te has movido mucho en el grupo de trabajo, ¿eh? Sigues siendo el mismo detective "que no sabe una mierda" de entonces". Me reí de él.

El detective Ross no se inmutó. "Siempre pude

apreciar una buena risa, Damien. La cagaste quemando la casa de Ralph. La cagaste de verdad al meterte con Brianna, pero lo más importante es que mentiste. Mis esposas y yo te veremos pronto". Se rió de mí mientras salía de la habitación.

Me dieron el alta del hospital tres días después. Papá había estado llamando a mi móvil, amenazándome todos los días. Ya había planeado coger una pistola y volarle la cabeza. Estaba enfadado con Dawn por no haberme dicho que iba a salir. Sé que siempre quiso a papá, pero tenía que saber que vendría a por mí.

Recordando el día en que papá me atacó, observé lo guapo y joven que se veía. Papá debe haber estado haciendo ejercicio en la cárcel. Sus brazos estaban en forma, y estaba en mejor forma que la mayoría de los hombres de mi edad. Había perdido por completo el aspecto de borracho. Me pregunté si sabía dónde estaba mamá.

El trasero escurridizo del detective Ross también se estaba convirtiendo en un problema. En lugar de contratar a un investigador para encontrar a mamá, probablemente debería haber contratado a un abogado.

No dejaba de preguntarme, ¿cómo sabía papá que yo estaba en el apartamento de Dawn? ¿Me siguió hasta allí? ¿Me vio entrar? Quizá conocía mi coche.

Decidí dejar mi trabajo antes de que me despidieran. Trabajé muy duro para conseguir ese empleo, pero no había manera de que volviera con el aspecto de Frankenstein. Mi cara se estaba curando lentamente, y necesitaba dinero rápido. Sabía que la familia de Craig tenía dinero, y Dawn siempre presumía de que guardaban al menos veinte mil en la casa. Pero yo no podía robar. He hecho muchas cosas, pero robar siempre ha estado fuera del radar.

Decidí sentarme en el vestíbulo del hospital en una silla de ruedas y llamar a Dawn. Sin embargo, antes de que pudiera marcar completamente el número, recibí una llamada de otro número bloqueado.

"Sí", contesté.

"Hola, Damien", dijo papá. "¡No cuelgues!"

"¿Qué quieres? Ya me rompiste la nariz y me jodiste el cuerpo".

"Quiero que sepas que Ralph me dijo algo antes de morir.

"¡No me importa!" grité, olvidando que estaba en el vestíbulo del hospital hasta que vi que todos me miraban.

"Cuando vino a cenar esa noche, me contó todo sobre ti. Lo supe todos estos años y nunca se lo dije a nadie". Papá se aclaró la garganta. "Ni siquiera cuando hiciste que me arrestaran. Exponerte me haría más daño. Estaba tan disgustado contigo". Hizo una pausa y luego tragó fuerte. "Sólo quería que supieras que esa noche dejaste de ser mi hijo. Eres malvado. Así que, aunque no me hubieras incriminado, nunca más iba a ser tu padre. Nos vemos pronto, Danny Boy".

El teléfono se apagó.

Algo en la forma en que me llamó Danny Boy me

erizó la piel. Gracias a papá, sabía que no podía ir a casa. Sin embargo, pensé que estaría a salvo en casa de Dawn, porque papá siempre escuchaba a su preciosa hija.

Mi mente iba a toda velocidad y sabía que tendría que salir pronto de la ciudad, pero tenía que hacer una cosa más antes de poder irme para siempre.

"Hola, Dawn", dije, acercando el teléfono a mi oído. "¿Crees que puedo quedarme en tu casa durante dos o tres días mientras mi cuerpo termina de curarse?".

"Claro, Damien. También le he dicho a papá que no puede estar por aquí. Ha ido demasiado lejos. Podría haberte matado. Craig está de acuerdo con que vengas aquí. Él también estaba preocupado por ti".

Me reí. "Realmente me deben haber azotado el trasero para que Craig se preocupe".

"Yo también estaba sorprendida. Craig preguntaba por ti todos los días -incluso fue a verte un día él solo, pero estabas dormido". Ella soltó una risita.

"¡Vaya, Craig no!" Sacudí la cabeza. "Bueno, ya me han dado el alta. Me acaban de llevar al vestíbulo. Estaré aquí esperándote".

"Vale, estaré allí pronto. Y, oh sí, te quiero, Danny Boy".

12

LA VERDAD

Me quedé en casa de Dawn durante una semana. Todos decidimos irnos de viaje a esquiar para alejarnos de todo. Fue idea de Dawn. Yo sabía que me iría de la ciudad pronto, y había algunas cosas que quería contarle antes de eso. Habían pasado muchas cosas a lo largo de los años, y también había muchas cosas que había callado. El viaje de esquí era el momento perfecto para soltarlo todo. Sabía que después de este viaje las cosas no volverían a ser lo mismo entre nosotros, y me estaba armando de valor para afrontar mi secreto.

Dawn y Craig estaban haciendo las maletas. Yo estaba en el espejo cepillando mis ondas y cuidando mi cara como lo hacía habitualmente. Pensé en el detective Ross y en sus falsas acusaciones, y se me revolvió el estómago. Me cepillé los dientes dos veces, casi vomitando ante la idea de pudrirme en una sucia celda.

Se suponía que algunos de los otros amigos de Dawn se reunirían con nosotros en la cabaña, pero dijeron que se retrasarían uno o dos días. Nunca había ido a esquiar y no me entusiasmaba la posibilidad de romperme algún hueso de nuevo; aún tenía algunos rotos por el ataque de papá. Decidí hacer el viaje, pero no iría a esquiar. Me pregunté si este viaje era una trampa para matarme. Tal vez papá estaría esperando en la cabaña con una pistola. Dawn estaba siendo demasiado amable para mi gusto.

Me di cuenta de que llevaba un rato en el baño. Me miré profundamente en el espejo. Mis pupilas estaban agrandadas. Miré dentro de mis ojos y, por primera vez, vi la verdad. Vi quién era realmente, y vi quién no podía seguir siendo. Ya no podía ser la mentira que se escondía detrás de mis ojos. Miré más profundamente, y todo pasó por delante de mí. Era el momento de convertirme en mi verdadero yo. No podía creer que hubiera dejado que este secreto me esclavizara.

"¡Damien, vamos!" Dawn llamó, sacándome de mis profundos pensamientos. "Tus dientes son lo suficientemente blancos. Vamos".

"¡Chica, suenas como mamá!" Le grité. "Ya voy". Luego murmuré en voz baja: "Allá vamos".

Tardamos dos horas en llegar a la cabaña. Conduje mi propio coche para tener una salida en caso de que fuera necesario. Algo en mis entrañas no se sentía bien. No sabía si era porque finalmente estaba diciendo la verdad o algo más.

La cabaña de seis habitaciones era moderna, pero

seguía teniendo un aire rústico y encantador: paredes de ladrillo, una chimenea coronada con una cabeza de ciervo, lustrosos suelos de madera y un balcón que salía de cada una de las habitaciones del piso superior. Craig debió haber pagado una fortuna para reservar la cabaña durante una semana.

Elegí una habitación y puse mis cosas allí. Después de instalarnos, nos sentamos alrededor de la chimenea y hablamos de los viejos tiempos.

"Damien, papá realmente te hizo un número, ¿no?" bromeó Dawn.

"Que te den, Dawn. Es tu maldito padre. Me llamó el día que salí del hospital sólo para decirme que no era su hijo".

"¿Qué le hiciste exactamente?" Preguntó Craig.

"¡Es una larga historia!" contestamos Dawn y yo al mismo tiempo.

"¡Gemelos!", gritamos.

"Dag", dijo Dawn, "no hemos bromeado como gemelos desde que vivíamos con Sheryl. ¿Sabes algo de ella?"

"No. A lo mejor ya se ha muerto". Me reí.

"Eso no tiene gracia, Damien", dijo Craig con el ceño fruncido. "¿No es tu tía?"

"Bueno, solía ser nuestra tía, pero luego decidimos que sólo sería Sheryl".

"Nena, tu familia es extraña. No te ofendas, pero sois muy raros". Craig besó la mejilla de Dawn para demostrarle que la quería igual.

"No me ofendo", respondí. "Somos dueños de nuestra locura".

Dawn suspiró. "Ha sido una noche larga. Estoy a punto de darme una ducha y acostarme. Nene, ven a la cama cuando quieras. Ya sabes cómo despertarme". Le dedicó a Craig una sucia sonrisa.

"De acuerdo, iré arriba. Pero antes, me tomaré unos cuantos tragos más". Craig levantó su vaso. "Necesito ponerme al día con Damien, de hombre a hombre".

"Gracias a Dios. Por fin estáis teniendo una charla madura. Buenas noches, Damien". Dawn sonrió mientras subía los chirriantes escalones de la cabaña.

"Sé que las cosas han sido una locura entre nosotros últimamente", comenzó Craig en voz baja después de que Dawn hubiera cerrado la puerta del dormitorio.

"¿Una locura?" susurré. "¿Como que te cases con mi hermana?"

"Maldita sea, directo al grano, ¿eh? Damien, esta fue tu estúpida idea. ¿Ahora te molesta que realmente la ame?"

"Nunca dije que te casaras con ella. Estás enamorado de mí, ¿no?" Miré profundamente a los ojos de Craig.

"Sí, Damien. Siempre he estado enamorado de ti, y por eso he seguido con esta mierda en primer lugar. Es difícil fingir que te odio" Me agarró del brazo.

Me aparté del brazo. "Suéltame. No me has tocado en semanas. El plan era que salieras con Dawn y que ella se abriera a ti sobre algunas cosas que yo sospechaba. El plan también era que tú y yo pudiéramos estar juntos en secreto mientras Dawn fuera nuestra tapadera. Pero tú lo estropeaste".

"No es mi culpa que ella no me cuente nada. Ella nunca habla de su pasado. A fin de cuentas, ¿por qué me hiciste salir con tu hermana en lugar de decir la verdad a todo el mundo?" Volvió a acercarse a mí.

"Mi familia nunca hubiese aceptado que fuera gay. Tuve dos familiares que vivían en su verdad, y mi familia los desechó como si fueran basura. Dawn tampoco aceptaría nunca esa faceta mía". Sacudí la cabeza. "Mira mi vida ahora. Hice todo esto para ocultar mi sexualidad, y ahora me acusan de asesinato". Mi voz se elevó con incredulidad.

"Baja la voz", susurró. "No quieres que Dawn te escuche. ¿A quién creen que has asesinado?"

"Eso no importa. La cuestión es que el tipo que murió le dijo a mi padre hace años que me gustaban los chicos y que, de todos modos, nada iba a arreglar a mi familia. He estado ocultando mi sexualidad todo este tiempo; mientras tanto, he jodido mi vida en el proceso". Mis hombros se tensaron. "Ahora el hombre que amo se va a casar con mi hermana". Gimoteé mientras las lágrimas llenaban mis ojos. No había llorado en años, y me sentí bien al dejar salir mis emociones reprimidas.

"No llores. Odio verte llorar. ¿Cuál es el plan de juego? Tengo que ser sincero: he llegado a querer a Dawn. Ustedes dos son extrañamente idénticos, y siento que estoy contigo cuando estoy con ella. Aunque ella es una versión más fácil. No tengo que decirle a mi familia que soy bisexual, y mi padre seguirá apoyándome. El otro día me dijo que quiere dejarme la empresa. Lo perderé todo si salgo del armario". Me agarró la mano con sus fuertes y musculosas manos, su rostro serio y preocupado.

"¿Qué quieres decir con bisexual? ¿Ahora te gustan las mujeres?"

"Dawn fue la primera mujer con la que me relacioné sexualmente. Me gustan más los hombres, pero tengo algo raro con Dawn. No puedo explicarlo. Es como si estuviera hipnotizado cuando estoy con ella".

"Eres increíble. No quieres a ninguna maldita mujer; tienes miedo. Tú eras el que me decía que debía ser fiel a mí mismo, ¿y ahora te muestras cobarde?"

"Te lo dije hace años. Estaba dispuesto a vivir una vida contigo, Damien, al descubierto, pero tú preparaste esto, y ahora sé lo estupenda que puede ser la vida si me quedo con Dawn. No hay necesidad de exponerme ahora mismo. Déjame conseguir la compañía de mi padre primero, y luego podemos hablar de nosotros. Esto es realmente tu culpa. Estaba tan enamorado de ti. Habría hecho cualquier cosa que me hubieras dicho que hiciera".

"Bueno, estoy diciendo mi verdad. Estoy cansado de llevar esta carga. Mi padre lo sabe ahora, así que tal vez sea hora de que tu padre lo sepa también. De ninguna manera voy a dejar que te cases con mi gemela. Si todavía quiere casarse contigo después de saber que mi polla ha estado en tu boca, entonces os merecéis el uno al otro".

"Damien, estás siendo injusto. Espera, hablemos

de esto. Vas a herir a mucha gente".

"Aparentemente, eso es lo que hago. Hago daño a la gente. Buenas noches, Craig". Comencé a subir las escaleras.

"¡Espera!", suplicó en voz baja.

"¿Esperar a qué? Ya he terminado".

"¡Soy Brandon!"

Me quedé helado. Me volví y miré realmente a Craig. Siempre había algo familiar en él, en lugar de hacer preguntas, seguí subiendo los escalones. Más tarde, di vueltas en la cama toda la noche. No podía creer que Craig fuera ese misterioso niño con el que había jugado y buscado después de su desaparición.

Tenía muchas preguntas. Me di cuenta de que Craig había conocido al Sr. Ralph. De hecho, había vivido con él. Me moría de ganas de hablar con Craig o Brandon o como se llamara. Sabía que tendría que ser cuando Dawn no estuviera cerca. Pensé en llamar a la puerta de su habitación, pero sabía que eso podría hacer sospechar a Dawn.

El día siguiente fue tenso. Soñaba sobre cuando perdí mi virginidad con Brianna, lo que siempre era una pesadilla. Había sido uno de los peores días de mi vida, perder la virginidad con una chica, sabiendo que me atraían los chicos. Fue una tortura.

No entendía cómo Craig podía tener sexo con Dawn. Él había dicho que era la peor parte de todo. Cuando envié a Craig a conocer a Dawn en su fiesta de cumpleaños, no esperaba que las cosas llegaran tan lejos ni duraran tanto.

Temía pasar los siguientes días con Dawn y Craig juntos, besándose y amándose. Craig nunca tenía sexo con Dawn cuando yo estaba cerca. Al menos no tenía que escuchar ese encuentro. Bueno, decidí que hoy era el día para dejar salir el gato de la bolsa, como decía mamá. Sabía que ya no tendría una relación con Dawn, y que Craig tendría que elegir con quién quería estar. Sin embargo, estaba bastante seguro de que Dawn ya no lo querría.

"Entonces, ¿cómo fue la charla de anoche?" Dijo Dawn. "¿Hicieron las paces?"

"Me disculpé con Damien por haberle fastidiado siempre", respondió Craig rápidamente. "Creo que ahora podemos seguir adelante". Giré la cabeza para que Dawn no viera mi reacción. "De acuerdo", dije, tratando de sonar emocionado, "vamos a ponernos el equipo de esquí, aunque yo sólo esté mirando", me reí. "¿Estás preparada para esto, Dawn?"

"¡Claro que no! Me gustan las actividades en tierra, pero dijimos que este año probaríamos cosas nuevas". Miró a Craig. "¿Verdad, nene?"

"Cierto", contestó él.

"Bueno, me va a llevar un rato prepararme", dijo Dawn. "Quiero beber una taza de café y maquillarme un poco antes de irnos. ¿Por qué no vais a cortar más leña para esta noche, así no tengo que ir con prisas?"

"Vale, nena, tómate tu tiempo. Ya te he hecho el

café. Y sabes que no necesitas maquillaje para estar estupenda".

"¿Ya hay un hacha ahí?" pregunté, insinuando que cortaría a Craig en pedazos si no se calmaba.

"Seguro que sí", respondió Craig con una risa incómoda, con sus anchos hombros temblando.

Subimos a la base de la montaña para cortar la madera. La base de la montaña no estaba muy lejos del suelo. Tenía una pequeña zona para acampar y un espacio designado para preparar el equipo antes de escalar. Caminé detrás de Craig y admiré su trasero mientras subía agresivamente la montaña.

"¿Has perdido la cabeza?" dije, rompiendo el silencio. "Ahora creo que estás siendo irrespetuoso coqueteando con Dawn justo delante de mí".

"Lo siento. No puedo actuar de forma extraña con Dawn. Eso sería sospechoso".

"A la mierda todo eso. ¿Qué querías decir con que eras Brandon? Es imposible".

Craig se detuvo, esperando a que me alcanzara a través de la profunda nieve.

"Yo soy Brandon. He querido decírtelo desde siempre. Las cosas se volvieron locas con Dawn, y me daba vergüenza decir que era ese chico".

"Entonces, ¿cómo conoces a Ralph? ¿Era tu tío?"

"No quiero hablar de eso". Volvió la cara hacia otro lado.

"Craig, sabes que nunca te juzgaría. ¿Cómo podría

hacerlo? Mi madre me dejó con su malvada hermana, mi padre es un violento criminal que acaba de darme una paliza y mi hermana gemela está comprometida con mi amante. Puedes contarme cualquier cosa".

"Ralph es en realidad mi padre biológico. Mis padres ricos me adoptaron después de..." Se detuvo.

"¿Después de qué?" Pregunté rápidamente.

"¿Recuerdas que un día estábamos jugando detrás de tu casa y nos besamos? Fue la primera vez que supe con certeza que me gustaban los chicos. ¿Te acuerdas?"

"Claro que me acuerdo. Fuiste el primer chico que me gustó de esa manera, pero sólo teníamos ocho años, así que no estaba seguro de que me atrajeran los chicos o sólo tenía curiosidad. Estaba confundido. ¿Por qué lo mencionaste?"

"Mi verdadero padre, Ralph, nos vio ese día. Me dio una paliza y abusó de mí esa noche. Me dijo que si quería un pene, no querría otro después de tener el suyo. Fue el peor día de mi vida".

"Dios mío, Craig. No te merecías eso. Eras tan amable de niño. Pensé que me odiabas por el beso porque no te volví a ver. Cada vez que fui a buscarte, el Sr. Ralph dijo que nunca hubo un niño viviendo allí. Entonces, ¿a dónde fuiste después?"

"Me mantuvo atado en el sótano durante un tiempo -unos cuantos meses, supongo- y un día me escapé mientras él no estaba. Corrí al supermercado, donde un empleado de la tienda llamó a la policía. Fingí que no sabía quiénes eran mis padres y me pusieron en una casa de acogida, donde los Smith acabaron adoptándome. Tenía nueve años".

"Noté algo familiar en tus ojos el primer día que te conocí. Ahora sé lo que era. Te quiero, Craig, y siento mucho que te haya pasado eso". Acerqué su pecho al mío.

"¡Yo también te quiero! Pero hay una cosa más que tengo que decirte".

"¡No, no tienes que hacerlo! No tienes que decirme nada más. Todo eso está en el pasado. Centrémonos en Dawn y pasemos el día. Odio que tu padre te haya hecho eso. Ahora sé lo que tenía contra mí. Amenazó con exponerme, pero nunca pude averiguar cómo lo sabía".

"Necesito decirte una última cosa", intentó explicar Craig. Antes de que pudiera decir una palabra más, lo agarré y lo estampé en la nieve, y empecé a besarlo.

"Cállate", dije con voz seductora. Craig se calló, y nos hicimos el amor apasionadamente en la nieve. Hacía mucho frío, pero nuestro calor corporal nos mantenía calientes. Hacía dos meses que no estábamos juntos sexualmente. Fue algo rápido, pero yo anhelaba más, mucho más. Nos dimos cuenta del tiempo que llevábamos hablando y follando, así que empezamos a vestirnos rápidamente. De repente sentí que nos estaban observando. Me giré lentamente, temiendo lo que me esperaba detrás.

"¡Qué coño!" Me gritó Dawn. "¿Eres gay?"

Craig se subió rápidamente los pantalones de nieve. "Dawn, espera. Cálmate".

"Que me calme. Hijo de puta, te estabas tirando a mi hermano gemelo. ¡Putos de mierda!" Dawn cargó contra Craig.

"Dawn, quería decírtelo", dije, "y tenía pensado decírtelo durante este viaje".

"¡Cállate! Siempre has querido todo lo que tenía. Eres una vergüenza".

"Nunca quise hacerte daño, Dawn", interrumpió Craig.

"La boda está cancelada. Nunca me casaría contigo. De hecho, puedes irte antes de que coja este cuchillo y te lo meta por el culo. Esto es entre mi hermano y yo... ¿o debería decir hermana?"

"Espera, nena. Podemos..." Craig se agachó cuando Dawn le lanzó un palo a la cabeza.

"¿Nena?", chilló ella, furiosa. "No soy tu puto bebé, pero *llevo* a tu bebé. ¿Se lo has dicho a tu noviecito?" Hizo una pausa en su diatriba para encontrar algo más que lanzar.

Miré fijamente a Craig. "¿La has dejado embarazada? ¿Hablas en serio?"

"Damien, intenté decírtelo. Nunca quise que pasara todo esto. Esto es principalmente tu culpa. Mientras señalas con el dedo, ¿por qué no le dices a Dawn lo que hiciste?"

"Sólo vete, Craig", dije, queriendo que se callara. "No puedo discutir esto contigo ahora mismo".

"¿Decirme qué?" exigió Dawn, poniéndose delante de mí. "¿Eh, Damien? ¿Qué más me has hecho?"

"Cálmate, Dawn", dijo Craig. "Piensa en el bebé. Todos podemos arreglar esto".

"¡Craig! No hay nada que arreglar. Nunca verás a este bebé, y eso suponiendo que me lo quede".

"Si crees que no veré a mi hijo, estás loca. ¿Sabes qué? Me voy de aquí. Damien, olvídalo, simplemente olvídalo". Craig hizo un gesto de disgusto con la mano mientras bajaba corriendo la montaña. Unos minutos más tarde, oímos su coche arrancando.

"Ok, Damien. Ahora somos sólo tú y yo. Vamos a sacar esto porque, después de hoy, no volveré a hablar contigo. Estás oficialmente muerto para mí".

"Dawn, ¿sabes por lo que he pasado para ocultar esto a todo el mundo? He hecho cosas inimaginables".

"¡Me importa un carajo! ¿Cuánto tiempo has estado follando con mi hombre?" Ella cogió el hacha.

"Baja esa hacha. No es tu hombre. Yo también tengo preguntas, como, por ejemplo, ¿cómo sabía papá que estaba en tu casa?"

"Chico, al carajo con tus preguntas. ¿Qué tal si me dices qué demonios le pasó a Brianna?" Sin esperar una respuesta, me embistió con el hacha.

"¡Dawn, baja el hacha!" Dije, saltando fuera de su alcance. "¡Estamos en la cima de una montaña! Es peligroso y puede pasar cualquier cosa. No le hice nada a Brianna más que follármela, de lo cual me arrepiento. No hay una polla que merezca que ninguno de los dos muera por ella".

"Ya estás muerto para mí", dijo mientras volvía a blandir el hacha hacia mí.

La hoja me cortó el brazo, sacando un hilo de sangre. Todo se quedó quieto. De repente, la conmoción había terminado. Ya no oí la voz de Dawn. No oí más que el viento que soplaba en la cima de la montaña. Dawn había desaparecido.

Antes de darme cuenta de lo que estaba pasando, había empujado a Dawn desde la montaña. Dawn no cayó hasta el fondo. Cayó unos tres metros y aterrizó en una roca. La sangre brotaba de su cabeza.

En contra de mi buen juicio, decidí dejarla. Estaba amargada y enfadada y definitivamente me mandaría a la cárcel. Fue lo más difícil que tuve que hacer. Amaba a Dawn, pero no confiaba en ella. Por eso había querido que Craig le sacara información. No fue hasta que me alejé de Dawn como adulto que empecé a sentirme diferente. Abracé mi propia identidad.

Mientras miraba la montaña, contemplaba una y otra vez cómo podría ayudarla. Pero al final, la abandoné a su suerte.

Tuve que volver rápidamente al apartamento de Dawn para recoger mis cosas y el dinero que Craig había puesto para que me fuera de la ciudad. Mientras nos acostábamos, me había dicho que me acompañaría a donde fuera.

Fue un viaje horrible de vuelta a la ciudad mientras mi mente se agitaba. No quería matar a Dawn. Sabía que no tenerla viva destruiría también una parte de mí. Tristemente dejé ese pedazo de mí desangrándose en una montaña. Sabía que seguramente iría a la cárcel si me atrapaban.

Durante todo el viaje, no pude quitarme a Craig de la cabeza. Me preguntaba cómo las cosas se habían complicado tanto. Me arrepentí de haberle impedido contarme lo del bebé. Podría haber estado más preparado para manejar la situación. Maldita sea, si había matado a Dawn, entonces había matado a mi sobrina o sobrino. Esto era demasiado para pensar. Sin mencionar que el detective Ross estaba encima de mí. Mis emociones estaban por todas partes.

Me pregunté, *¿qué pasó con la verdadera madre de Craig? Y si Ralph era su padre, ¿por qué no estaba inscrito en la escuela con el resto de nosotros? ¿Por qué Ralph trató de ocultar a su propio hijo? ¿Abusó sexualmente de Craig antes de que nos viera besarnos?*

Mis pensamientos volvieron rápidamente a Dawn. Esperaba que estuviera bien. Sentí una emoción que nunca había sentido, y es la culpa. Me sentí culpable por todo. Me arrepentí de haberles tendido una trampa a Dawn y Craig en primer lugar. Incluso si Dawn estaba bien, nunca me perdonaría. Había permitido que se acostara con mi amante y luego la había arrojado por un acantilado. Mi única esperanza era irme de la ciudad y tratar de olvidar todo.

Echaba mucho de menos a mamá. Echaba de menos su hermoso rostro y su boca ruidosa. Hiciera lo que hiciera, ella nunca me había negado su amor. Me habría repudiado si hubiera descubierto que había matado a Dawn. Me preguntaba si aceptaría que fuera gay; en cierto modo había aceptado la idea de que fuera un asesino. Mamá nunca había perdido completamente el contacto con nosotros; eso me preocupaba. Mis pensamientos eran abrumadores y no podía controlar la ansiedad que me invadía.

Volví a casa de Dawn en una hora y veinte minutos, conduciendo a noventa millas por hora todo el camino hasta llegar a los límites de la ciudad. Registré su casa, buscando el dinero. No estaba donde Craig había dicho que estaría, y su teléfono fue directamente al buzón de voz cuando lo llamé. Después de mucho buscar, encontré unos míseros trescientos dólares y unos cuantos diamantes de Dawn. Se me estaba acabando el tiempo. Cogí el dinero y todo lo que parecía valioso.

La personalidad de Dawn estaba escrita en todo su apartamento. Estaba lleno de sus cosas favoritas, y vi muy pocas pertenencias de Craig, excepto su equipo de entrenamiento. Me encontré a mí mismo frenando y llorando a Dawn. Jugué con todas sus cosas y olí la chaqueta que se había puesto el día antes de salir de viaje. Admiré una foto que se había hecho el día que salimos de casa de Sheryl. Me devolvió a esos periodos en los que estábamos juntos. Me reí de cómo torturábamos a Sheryl y de cómo siempre se bebía la última leche para fastidiarme.

Pensé en la historia que me contó mamá sobre cómo Dawn me agarró la mano cuando éramos bebés. Había matado a la única persona que me quería de verdad. Craig me quería, pero Dawn me quería como nadie.

Dejé caer la chaqueta de Dawn y miré el

apartamento por última vez, murmurando: "Adiós, gemela". Luego, recordando que el tiempo era esencial, abrí la puerta principal.

"Señor Damien Scott, le arrestamos por el asesinato de Ralph Jones y la desaparición de Brianna Scottsdale", dijo el detective Ross, sonriéndome desde el otro lado del pasillo. "Tiene derecho a guardar silencio. Todo lo que diga puede y será usado en su contra en un tribunal. ¿Comprende estos derechos?" Permanecí en silencio. El miedo se había apoderado de mi cuerpo y podía escuchar cada latido del corazón golpear más y más fuerte. Me sentía mal, como si fuera a vomitar en cualquier momento. Sentía los pies clavados en el cemento mientras los policías me ponían un par de frías esposas metálicas en mis frágiles muñecas. Pensé en la vida en prisión como gay y decidí seguir fingiendo que era heterosexual. Sólo podía ayudar, teniendo en cuenta a dónde iba. Pensé en mamá y tuve una sensación de malestar cuando otro policía me golpeó contra la puerta de Dawn.

Cuando salí, vi a papá fumando un puro al otro lado de la calle con una mirada diabólica. Disfrutó mucho viendo cómo me metían en la parte trasera del coche de policía. Me miró fijamente a los ojos y se alejó.

Bajé la cabeza, comprendiendo que mi suerte se había acabado. De repente, me desmayé. Sólo pude suponer que el estrés se había apoderado de mi cuerpo.

Me desperté frente a la misma prisión a la que

había enviado a papá años atrás. Sólo podía pensar en Dawn. Algo no me parecía bien. Mis pensamientos fueron interrumpidos por una voz odiosamente fuerte.

"¡Bienvenidos a casa, chicos!", gritó el alto y blanco funcionario de prisiones. "Cállense, quítense todas sus pertenencias y pónganlas en la bolsa de papel marrón a su derecha". Nunca olvidaré su sonrisa, ni lo que dijo a continuación. "Es hora de desvestirse e inclinarse".

13

PESADILLAS

Oh, mi cabeza me está matando. El golpeteo es abrumador. Mi vista se está desvaneciendo. ¿Es eso sangre? ¿Dónde estoy? Dios mío, mi pierna no se mueve. ¡AYUDA! ¿Hay alguien ahí? ¡Ayuda!

Arrastré las piernas por la roca mientras la sangre brotaba de mi cabeza. Me sentía desconcertada. No recordaba cómo había llegado hasta allí. Oí a un grupo de lo que parecían mis amigos caminando por encima de mí, riendo, jugando y bromeando. Me imaginé que había estado allí durante días porque mis amigos no vinieron a la cabaña hasta unos días después de nuestra llegada.

"¡Ayuda! Por favor, ¡ayuda!" Grité con una voz

débil y apagada. Durante una fracción de segundo, todo lo que oí fue silencio.

"Oye, hermano, creo que hay alguien ahí abajo", dijo Mark. "¿Has oído eso?"

"No, hombre, estás dejando que los hongos te afecten", respondió otro tipo, riéndose. "Estás escuchando mierda".

"¡Por favor, ayuda!" Grité más fuerte. "¡Estoy aquí abajo!"

"¡Oh, Dios mío!" Exclamó Vanessa. "¡Hay alguien ahí abajo, imbéciles! ¡Suena como una mujer!"

"¡Oh, mierda!" Gritó Mark. "¡Es Dawn!"

Me desmayé. Me desperté siete días después en un hospital con una vía intravenosa clavada en el brazo. Tenía vendas blancas alrededor de la cabeza y la rótula. Me toqué la cabeza y sentí una sensación de frescor en el cuero cabelludo al darme cuenta de que me habían afeitado.

Las máquinas sonaban a mi alrededor. Parpadeé lentamente y sentí los ojos muy pesados. Los recuerdos pasaron por mi mente, claros como un vaso de agua. Vi a Damien empujándome por la montaña y salté al pensar que intentaba matarme.

La enfermera llamó al médico.

"Bueno, mira quién se ha despertado por fin. ¿Cómo te sientes?" Era un hombre mayor, corpulento y con un grueso bigote. Su etiqueta decía "Dr. Smidget".

"Confundida. ¿Dónde estoy?"

"Estás en el Hospital Sainte Union, y te han traído con un traumatismo cerebral". El Dr. Smidget movió una linterna de un lado a otro de mis ojos. "¿Recuerdas lo que te pasó?"

"No, no recuerdo nada", mentí.

"Tenía miedo de esto. Dawn, voy a ser sincero contigo. Creo que tienes amnesia aguda. Esperábamos que tu memoria no se viera afectada por el incidente. Parece que podrías haber estado en un viaje de esquí, y te caíste. Lo que no pudimos averiguar es por qué irías a esquiar sola".

"No estoy segura. No estoy segura de nada. No recuerdo ni siquiera si sabía esquiar. ¿Vino algún familiar a buscarme? ¿Recibí alguna visita?"

"Creo que dejaremos que la policía hable de eso más tarde. Por ahora, sólo tengo algunas preguntas básicas antes de dejarte descansar". Sus ojos se movieron, evitando los míos.

"¿Por qué te has puesto tenso cuando he mencionado lo del familiar? ¿Tengo familia?"

"Dawn, todo el mundo tiene una familia de algún tipo. Vayamos a las preguntas, para que puedas descansar. Por favor, dime tu nombre completo, tu edad, el nombre de tus padres biológicos y tus hermanos".

"Supongo que me llamo Dawn, aunque sólo recuerdo haber gritado "¡Socorro!" y ahora estoy aquí", comencé con voz suave y vulnerable. "No sé los nombres de mis padres, pero estoy segura de que no tengo hermanos. Me siento como una hija única, o tal vez soy adoptada. Por el aspecto de mis manos, supongo que tengo más de veinte años. Aunque no lo sé con seguridad".

"¿Así que me estás diciendo que no recuerdas los nombres de tus padres o el hecho de que eres una gemela?", preguntó el médico, golpeando mis rodillas para la prueba de los reflejos.

"¿Una gemela? Esto es demasiado. Creo que sabría si soy una gemela. Dr. Smidget, ¿verdad? Esto no tiene sentido".

"Lo sé. Pero con todas estas malas noticias, tengo algunas buenas. El bebé está bien. Es casi un milagro que un feto sobreviva a un evento tan traumático. Tu latido era tan débil que es difícil creer que alguno de los dos haya sobrevivido".

"¿Un bebé? ¿Estoy embarazada?" Miré el anillo en mi dedo. "¿Pudisteis localizar a mi marido?" Esperaba que no le hubieran dicho a Craig nada sobre mí.

"No, lo siento". El Dr. Smidget frunció el ceño con simpatía. "Llamamos a tu prometido varias veces, pero, por desgracia, su teléfono seguía saltando al buzón de voz. Los amigos que te trajeron al hospital dijeron que debería haber estado contigo. Informamos a la policía por si necesitaba ayuda en las montañas".

"Así que estoy embarazada, comprometida y tengo un gemelo, pero no puedo recordar nada de eso. Eso es genial".

"Bien, Dawn, es suficiente por hoy. Llamaré a tus amigos para que sepan que te has despertado. Se alegrarán. Debemos vigilarte a ti y al pequeño durante los próximos días. Por favor, haznos saber si recuerdas algo. El personal estará encantado de ayudar. Todos deseamos que tú y tu bebé se recuperen rápidamente".

El Dr. Smidget escribió "BIENVENIDA DE NUEVO" en la pizarra antes de salir de la habitación del hospital.

En cuanto el doctor se fue, mis pensamientos se dirigieron inmediatamente a Damien. Había subestimado gravemente el poder de la pequeña Danny Girl. Había sido tan tonto al pensar que yo era tranquila e inocente todos estos años. Realmente había pensado que no sentía que me había cortado todo el pelo cuando teníamos trece años, o el hecho de que escondiera la leche en la nevera sólo para intentar torturarme. Ah, ¿y quién demonios creía Damien que había hecho que papá tuviera esas pesadillas en las que él convenientemente siempre aparecía? Sí, él había asustado al tío Robby, pero fui yo quien le quitó la voz. Tuve que hacerlo; me vio seguir a papá un día.

Papá estaba coqueteando con una mujer, y yo lo miré intensamente. Me enfadé, así que cerré los ojos con fuerza e hice que papá cayera a la calle. Todos pensaron que estaba borracho, pero el tío Robby lo vio todo. En ese momento, Damien pasó y le susurró algo al tío Robby. Hice callar al tío Robby en ese preciso instante.

El pobre tío Robby no volvió a hablar. Me

sorprendió lo estratégica que podía ser. El cerebro del tío Robby estaba permanentemente nublado. Yo solo tenía siete años y aún no sabía cómo usar mi fuerza. No quería que lo contara. Más tarde intenté devolverle la voz, pero no funcionó así. Lo hecho, hecho está. Aprendí que mi poder era irreversible.

No tuve ningún problema en ocuparme del culo de Ralph, también. Un día, cuando papá no estaba en casa, me metió sus sucias manos en la falda. Mintió y dijo que papá estaba detrás de él, y lo dejé entrar. Resulta que tenía helado. Me senté junto a él en el sofá, lamiendo el helado con gran placer. Mamá nunca compraba helados, así que siempre era un placer que alguien nos los diera.

Sin decir nada, deslizó sus asquerosas manos por mi falda y dio un largo y lento lametón al helado. En lugar de gritar, le permití jugar bajo mi falda hasta que dejó de hacerlo. Todavía puedo oírle decir: "La próxima vez, podemos ir un poco más lejos, princesa".

En ese momento decidí que no habría una próxima vez. Así que, el día que vino a cenar con papá, decidí que ese sería el último día que entraría en mi casa.

Me escabullí de la casa después de que todos estuvieran dormidos. Caminé hasta la casa del Sr. Ralph; en el camino, encontré un palo con clavos que sobresalían, y decidí que sería perfecto. Fingí que lloraba mientras llamaba a la puerta del Sr. Ralph de forma odiosa. Lo vi acercarse a la ventana y mover las cortinas hacia un lado. Levanté la vista con lágrimas en los ojos. Él sonrió con sus labios rosados y marrones. Se acercó a abrir la puerta.

"¿Qué pasa, princesa?" Preguntó el Sr. Ralph, de pie en la puerta con una camiseta de tirantes y unos calzoncillos de gran tamaño. "¿Qué haces aquí tan tarde?" Sus ojos recorrieron todo mi cuerpo como si fuera un postre.

"¡Odio mi vida! Todo el mundo es tan malo conmigo. Damien es un imbécil, mi padre siempre está borracho y mamá es débil. Todo lo que hago es tratar de ser una buena chica, y todos son tan malos. No tengo ningún otro sitio al que ir. ¿Puedo entrar, por favor, Sr. Ralph?"

"¡No llores! Entra aquí. Lo entiendo. Mi familia también me pone de los nervios". Entonces vio el palo. "¿Para qué es eso?"

"Es tarde y tenía miedo. Lo llevaba como protección por si alguien en la calle intentaba meterse conmigo o algo así". Me limpié las lágrimas de las mejillas.

"Sí, es tarde. Ya puedes dejar el palo fuera. ¿Sabe alguien que estás aquí?" El señor Ralph se asomó a la puerta.

"Nadie sabe que estoy aquí. Tengo que dejar el palo dentro, o lo sabrán. Todo el mundo sabe que este es el palo de nuestro patio trasero. Será un claro aviso".

"Bien, ¿tienes hambre? Puedes coger algo de comida de la nevera. Tu mamá me empacó las sobras de la cena de antes. Yo estaba triste porque no había helado de postre". Me guiñó un ojo.

"Mamá no compra helados", respondí sin rodeos, tratando de mantener la compostura.

"Lo tendré en cuenta. Come y luego sube y reúnete conmigo en el dormitorio. Puedes dormir conmigo, así te sentirás segura. Puedes irte a casa por la mañana. No le diré a nadie que has venido aquí, y tú tampoco deberías hacerlo. Esos estúpidos adultos no lo entenderían".

Me quedé abajo durante unos diez minutos, planeando cómo iba a asesinar al señor Ralph. Subí lentamente los escalones, cada uno crujiendo bajo mi peso. Sujeté el palo en la mano con los clavos hacia fuera para no pincharme la pierna.

Entré en su oscuro dormitorio. Estaba desnudo y casi vomité al ver su viejo cuerpo arrugado. Me acerqué a él y puse el palo hacia fuera en el lado de la cama. Me puse encima de él con toda la ropa puesta.

"Sé que quizá no sepas cómo funciona esto, pero tienes que desnudarte, princesa. No te haré daño y prometo ir despacio. Sólo te meteré un poco si quieres". Dijo mirando su pene.

"No soy tu puta princesa, y soy intolerante a la lactosa, así que a la mierda tu helado. Buenas noches".

Cogí el palo del lado de la cama y me aseguré de

que el primer golpe fuera en su cabeza para que no pudiera dominarme. Le golpeé repetidamente hasta que mis brazos se sintieron débiles mientras me tumbaba encima de su cuerpo desnudo y flácido. Era mi primera muerte. Me sentí muy bien. Me quité la ropa que Damien había llevado ese mismo día y la metí en una bolsa de plástico negra. Me puse la ropa, llevé la bolsa negra a un lugar del campo y la enterré. Había planeado inculpar a Damien, pero él estropeó ese plan cuando inculpó a papá.

A la mañana siguiente, cuando Damien se despertó, planté recuerdos en su mente para hacerle creer que había matado al Sr. Ralph. Entonces empecé a atormentarlo con pesadillas para mantener el impulso. Una vez, hice que mamá nos cocinara galletas cuando Damien estaba enojado con ella. Él realmente pensó que era lo suficientemente poderoso para controlar a mamá. También hice que mamá se metiera debajo de la cama y rezara como un bicho raro sólo para asustar a Damien.

Pobre Brianna. Me hizo matarla. Si él no hubiera intentado interponerse entre nosotros, ella aún estaría viva. Me llamó, diciendo que ya no quería ser mi amiga, alguna tontería sobre que yo era demasiado mandona. Bueno, la seguí a ella y a Damien la noche que desapareció. Lo vi meterle su pequeño pene, y me dio náuseas. Casi vomité detrás de las gradas donde me escondí. Ni siquiera parecía preocuparse por ella. Se la folló y, a cambio, ella me jodió a mí. Cómo se atrevía a dejar de ser mi amiga sólo para que Damien se la follara. Me hizo sentir muy mal.

Después de su asqueroso encuentro, la seguí por la calle. Al principio sólo quería confrontarla, pero ella lo hizo difícil. Me acerqué a ella una vez que Damien estaba lo suficientemente lejos como para no verme.

"¡Brianna!" Le grité.

Ella saltó. "¿Qué quieres?", gritó con lágrimas en los ojos.

"Quiero hablar contigo", dije con calma, ignorando la ira en su voz. "¿Estás llorando?"

"¡Déjame en paz! Pensé que te había dicho antes que no quería ser tu amiga nunca más. No quiero volver a verte a ti ni a tu hermano psicópata". Ella comenzó a caminar más rápido.

"¿Qué pasó? Detente y habla conmigo".

"¿Hablar contigo?", dijo, dándose la vuelta y mirándome intensamente a los ojos. "Nunca me has agradado, Dawn. Salíamos todos los días porque aparecías todos los días. Cuando era más joven, me obligaba a ser tu amiga porque te tenía miedo. Tenía constantemente pesadillas en las que me matabas si no era tu amiga. Pero ahora estoy cansada de fingir. ¡Te odio a ti y a tu hermano!"

"Brianna, será mejor que elijas bien tus palabras. Sé que estás molesta por lo de Damien, ¡pero te dije que no fueras! Sé que no quieres decir ninguna de esas cosas que has dicho. ¿Cómo pudiste fingir ser amiga de alguien todo ese tiempo?" Me reí torpemente.

"¡Tranquila! ¡Sí pude! Pude por el miedo. Bueno, Dawn, es hora de que asustes a alguien más porque yo ya he terminado. ¡También les diré a todos en la escuela que se alejen de los gemelos psicópatas! A nadie le gustas realmente; sólo te tratan por mí. Oh, se siente tan bien que finalmente te regañe. Ahora, aléjate de mí, psicópata, antes de que..."

Lo siguiente que supe fue que había envuelto una cuerda alrededor del cuello de Brianna. Ella luchaba, jadeando, y yo disfrutaba asfixiándola con cada gramo de mi fuerza. No era tan placentero como matar al Sr. Ralph, pero era suficiente para sentirme poderosa y hacerla callar de una puta vez. Ella dio patadas y puñetazos al aire. Cuanto más luchaba, más fuerte me hacía.

Entonces dejé que su cuerpo rígido cayera al suelo. Sabía que no podía dejarla en la acera estrangulada hasta la muerte, aunque consideré cómo podría implicar a Damien. Una razón de peso por la que necesitaba a Damien cerca era para tener a alguien a quien culpar. Si iba a la cárcel, no podría utilizarlo para cargar con la culpa de mi trabajo sucio. Tenía sentido para mí, aunque lógicamente parecía una locura.

Así que rodeé con mi mano la larga y espesa cabellera que siempre había envidiado y arrastré a Brianna hasta la casa del señor Ralph. Desde su muerte, su casa estaba vacía, y nadie entraría allí pronto.

El cielo estaba muy oscuro y el aire nocturno pasaba lentamente por mi cara. Podía sentir el viento agitando los pequeños hilos de pelo de Brianna que no estaban enredados en mis dedos.

La arrastré hasta la puerta trasera para poder alejarme de la calle principal. Miré mi reloj, que marcaba las 3:07 a.m. Sabía que no habría mucho tráfico; sin embargo, podían pillarme en cualquier momento. Alguien podría mirar por su ventana y verme. ¿Cómo podía explicar que arrastrara un cadáver?

Entré en la gélida casa del Sr. Ralph, que al instante me dio escalofríos. Abrí la puerta del sótano y arrojé el cuerpo de Brianna por los escalones. La cara del Sr. Ralph seguía apareciendo en mi mente y podía sentir su presencia todavía en la casa. Sabía que tenía que pensar rápidamente porque si mantenía el cuerpo de Brianna en su sótano, expuesto al aire, alguien podría olerla.

Decidí volver en unos días para quemar toda la casa antes de que ella empezara a pudrirse. Eso mataría los recuerdos de ambos, y mis problemas estarían resueltos.

Sólo una cosa estropeó este plan: mi querida mamá. Cuando salí corriendo de la casa del Sr. Ralph, vi a mamá deambulando por las calles, quizás buscando a papá. Fingió que no me había visto salir de la casa del señor Ralph. Al principio pensé que no me había visto, pero luego cambié de opinión por la forma en que me miró cuando se supo de la muerte de Brianna. Debió saber que quemé la casa, pero nunca se lo dijo a nadie. Creo que se convenció de que Damien me obligó a hacerlo. En cualquier caso, mantener la boca cerrada era lo más inteligente. Pero a veces, mamá no actuaba con demasiada inteligencia.

Lo peor de todo fue la noche en que la tía Sheryl, o debería decir "Sheryl", entró en mi habitación en mitad de la noche. Dijo que yo era una pequeña y sucia zorra, y que probablemente quería ser una puta como mi madre. Sheryl se tumbó en mi cama y preguntó: ¿qué hacen las putitas? La ignoré y me hice la dormida. Ella bajó las sábanas y siguió hablando. Me quedé tumbada en un fino camisón, helada. La casa siempre tenía una corriente de aire permanente. Todavía recuerdo la conversación como si fuera ayer.

"¿Me devuelves las mantas, por favor?" Pregunté amablemente.

"¿Por qué quieres taparte ahora? Veo cómo te paseas por esta casa semidesnuda, haciendo alarde de tu joven cuerpo".

"No lo hago. Sólo quiero ir a dormir".

"Eres una mentirosa y una puta. Te he visto. Ya que quieres ser tan puta, te trataré como tal. Ahora chupa mi pecho. Esto no significa que me gusten las mujeres o los niños pequeños. Sólo significa que te estoy enseñando una lección". Ella deslizó un largo y sucio pecho de su sujetador.

"¿Qué?" Grité. "¡No!"

"Bueno, prepárate para vivir en el frío. Hoy sólo hay doce grados. Es una noche fría. Voy a echar tu culo a la calle. Puedes empezar a prostituirte. Eso es lo que quieres, de todos modos".

"No, no es así. Soy virgen. ¡Ni siquiera he estado con un chico, tía Sheryl!"

"¡Cállate!", dijo ella con su pecho en la mano. "Mis

pezones se están enfriando. Caliéntalos y yo haré el resto. No es que quiera que me la chupes o algo así".

"Primero tengo que ir al baño", dije en voz baja y resignada. "Tuve que orinar toda la noche. Ahora vuelvo".

"Apresúrate y no intentes ninguna mierda rara porque te pondré a ti y a Damien de patitas en la calle".

Pasé por delante de Sheryl lentamente, y ella me dio una palmada en el culo. Decidí matarla en ese mismo momento. Primero fui al baño y cerré la puerta. Sabía que, si la apuñalaba, sería un desastre y más complicado de tapar. Tampoco quería quedarme sin hogar.

Tiré de la cadena y dejé correr el agua como si me estuviera lavando las manos. El cuarto de baño era la primera habitación al subir las escaleras. Decidí esconderme en la pared lateral.

Al cabo de unos minutos, oí que Sheryl se levantaba para ver por qué tardaba tanto. Se asomó lentamente al baño. Todas las luces de la casa estaban apagadas y sabía que Sheryl apenas podía ver porque utilizaba las manos para palpar la pared. Se asomó a la habitación de Damien y luego se acercó a los escalones.

Retrocedí y la empujé por los escalones con todas mis fuerzas. Sonó como un terremoto. Me acerqué al cuerpo de Sheryl y le di varias patadas en las costillas. Podía moverse y sus piernas estaban bien, pero estaba herida por la caída. Le di un puñetazo en el pecho una y otra vez por querer meter esas cosas tan desagradables en la boca de alguien. Ella temblaba cada vez que estaba cerca porque sabía que yo era el verdadero monstruo.

Abrí la boca de Sheryl y escupí dentro. Ella empezó a gritar, así que silencié a la perra, y para que Damien no se despertara, cambié inmediatamente su sueño por algo más relajante para que se tranquilizara. Podía cambiar los sueños y plantar pensamientos en la mente de la gente sin esfuerzo.

Conocí mis poderes cuando tenía cuatro años. Comenzó con los sueños. Cuando estaba dormida, podía aparecer en los sueños de otras personas. Empecé a darme cuenta de que podía saltar a los pensamientos de la gente mientras estaba despierta. Pensé que, si podía entrar en sus sueños, podía controlar sus pensamientos, pero no podía escucharlos.

Empecé a imaginar lo que quería que hicieran y si me hacían enojar mucho, podía imaginar que se callaban. Así era como se silenciaban. En la escuela secundaria, practicaba mis poderes todas las mañanas. Mamá y Damien creían que iba a la práctica de la banda, pero salía temprano para dominar mis poderes. Tenía que aprender hasta dónde podían llegar. Desafortunadamente, no podía hacer que alguien se infligiera dolor a sí mismo. Intenté hacer que varias personas se suicidaran, pero nunca funcionó. Mis poderes tenían límites; si quería que alguien muriera, tenía que hacerlo físicamente yo misma.

La fuerza de Damien no es nada comparada con la mía, pensé. La jodió de verdad al intentar matarme. Danny boy tiene un buen regalo yendo hacia él. Cree que le ha gustado que Craig le folle; espera a que yo le folle a él. Sus pesadillas son el menor de sus problemas. Él creía que papá le había pateado el trasero. ¿Quién cree que lo llamó ese día para que le diera una paliza?

Papá había estado esperando a Damien desde su liberación. Convencí a papá de esperar hasta que la vida de Damien fuera bien antes de darle la paliza. Me mataba esperar. Cada vez que Damien llamaba pidiendo dinero, quería mandar a papá a la mierda. Pero aprendí a ser paciente. Se necesita mucha paciencia para arruinar la vida de la gente. Es la razón por la que no maté a Ralph el día que me ofendió. Tuve que esperar hasta un momento más apropiado.

Papá estuvo fuera de la cárcel durante seis meses antes de darle a Damien su merecida paliza. Fue una larga y dura espera. Cuando aquel día vi a Damien molido a golpes en el garaje, la alegría me recorrió el cuerpo. Lo abracé como si me importara, aunque todo el tiempo sabía que le había tendido una trampa. Todo el tiempo, le envié a papá todos los detalles, hasta el momento en que Damien se fue de mi apartamento molesto con Craig. Más tarde, finalmente entendí por qué Craig y Damien siempre habían discutido, era su encubrimiento.

Mi primer pensamiento cuando empecé a conspirar fue encontrar a Damien. Rápidamente me enteré de que lo habían arrestado por mis asesinatos cuando el telediario lo difundió en mi pantalla mientras yo estaba en la cama del hospital. Su detención podía parecer un castigo apropiado por intentar matarme, pero no era suficiente. No me satisfacía saber que estaba encerrado entre rejas. Quería torturarlo. Tenía que hacerlo.

Además, desde que me desperté en el hospital, no había podido usar mi poder para crear pesadillas. Quizá fuera por lo fuerte que me había golpeado la cabeza. Todavía no me había recuperado del todo, según los médicos.

En las noticias, decían que Damien tenía una fianza de 200.000 dólares en efectivo. Decidí tomar el dinero que le robé al imbécil de Craig y hacer que Danny boy saliera de la cárcel. Sabía que no debía confiar en un tipo llamado Craig que se ejercitaba todo el día. Además, sólo teníamos sexo dos veces al mes, por una mierda sobre su entrenamiento. Fui una maldita estúpida, pero también me encargaría del culo de Craig. Sólo podía destruir a una persona a la vez. Primero, era el momento de Damien.

Para cuando terminara con Damien, él desearía estar todavía entre rejas. Primero, tenía que mantener el acto de amnesia. Funcionaría a mi favor para todo.

Me empezó a doler el estómago de repente. Sentí un dolor agudo en el bajo vientre, que era intenso. Apreté el botón de la enfermera y, al poco tiempo, había todo un séquito de personal del hospital rodeándome. Tuvieron que practicarme una cesárea de urgencia. Me sentí aliviada, pero decidí no decirle a Craig que había perdido a nuestro bebé. Lo utilizaría para acercarlo lo suficiente como para hacerle daño. Él no intentaría tocarme el estómago porque sabía que no podría volver a tocarme después de lo que yo había presenciado. Este falso embarazo me ayudaría a manejar su trasero.

Me dieron de alta del hospital cuatro días después. Me diagnosticaron amnesia, me enviaron a casa con unas pastillas y me dijeron que descansara. Quería escribirle una carta a Damien, pero eso podría incriminar mi historia de amnesia. Decidí que pagaría anónimamente su fianza.

El día que me liberaron, fui inmediatamente al banco. Por suerte, mis amigos habían entregado todas mis pertenencias al hospital.

Le pagué a una mujer que encontré en la calle para que entrara en la comisaría y pagara la fianza de Damien. Esperé pacientemente a que ella saliera de la comisaría. Parecía que tardaba una eternidad. La registré para asegurarme de que no se había quedado con el dinero y le pedí un justificante de la fianza pagada.

En cuanto leí los papeles, me sentí aliviada al ver las palabras "Fianza depositada". La mujer me informó que la policía le había dicho que Damien no vería al comisario de la fianza hasta el lunes, así que tendría que quedarse el fin de semana.

Pagué a la mujer de la calle y luego cogí un taxi directo a mi apartamento, que, para mi sorpresa, había sido destrozado. Si no había considerado matar a Damien antes, él acababa de facilitar mi decisión.

Decidí ocuparme de Craig más tarde. Toda mi atención estaba puesta en Damien. Sabía que necesitaría ayuda para llevar a cabo este pequeño acto de amnesia, así que llamé al Dr. Smidget.

"Hola, Dr. Smidget", dije con voz tranquila y apagada. "Soy Dawn. Me dijo que le llamara si recordaba algo para que pudiera seguir mi caso. ¿Tiene un minuto?"

"Por supuesto, Dawn. Me alegro de que hayas llamado. En realidad, iba a llamarte porque hubo un error con tu informe de tóxicos, y parece que tenías una droga llamada Botulinum en tu sistema. Esta droga en particular causa parálisis temporal. He informado a la policía".

"¿Me han drogado?" Exclamé. "Esto es demasiado. ¿Quién haría esto? ¿Por qué alguien intentaría hacerme daño? No lo entiendo. Vine a este apartamento destruido, ¡y nada me es familiar!"

"Cálmate, Dawn. Sé que esto es demasiado, pero aún tenemos la esperanza de que recuperes la memoria, y tal vez todo esto empiece a tener sentido". Su voz temblaba de anticipación. "Mencionaste que llamabas para decirme algo. ¿Recuerdas algo?"

"¡No! En realidad, todavía no recuerdo nada. Ni siquiera estoy segura de que mi nombre sea Dawn. Cuando estaba en el hospital, dijiste que tenía un gemelo. Pensé que, si tenía alguna posibilidad de recordar mi antigua vida, ver a mi gemelo seguramente me ayudaría. ¿Quién podría olvidar a su propio gemelo?"

"Bueno, no estoy seguro de que eso sea una opción ahora mismo. Puede que Damien no esté en libertad de verte en este momento".

"Bueno, si de alguna manera consigo que te llame, ¿puedes explicarle mi diagnóstico? Quizá esté dispuesto a hablarme de nuestra infancia, de nuestros padres, de cualquier cosa. Por favor, Dr. Smidget, se lo ruego. No puedo vivir, perdida así. Necesito saber quién soy. Por favor".

"De acuerdo, Dawn. La hermana de mi esposa es en realidad una consejera en la cárcel. Veré si puedo pedirle un favor. También creo que ayudará a tu progreso".

"¡Muchas gracias! ¡Cuanto antes, mejor! Realmente estoy perdiendo la cabeza. Gracias de nuevo, doctor, por cuidar de mi cerebro. Espero estar mejor pronto".

"Claro que sí. No olvides que tenemos un seguimiento en dos semanas. Ah, una pregunta más: Si consigo que Damien acceda a hablar contigo, ¿cómo quieres que se ponga en contacto?"

"Por favor, dale mi número de teléfono y mi dirección. No voy a ir a ninguna parte. Todo es demasiado extraño ahora mismo".

"No hay problema. Cuídate, Dawn, y no olvides que estoy a una llamada de distancia".

El lunes llegó en un abrir y cerrar de ojos. Me desperté esperando la visita de mi gemelo perdido. Esperaba que el Dr. Smidget hubiera recibido su llamada, y realmente esperaba que hubiera convencido a Damien sobre la amnesia. Conocía bien a Damien. Siempre había sido curioso y seguramente querría ver si realmente lo había olvidado todo, así que estaba segura de que llegaría si había recibido el mensaje.

Empecé a preocuparme a medida que avanzaba el día; tal vez no aparecería. Tal vez era más cobarde de lo que creía. Tal vez se saltaría la fianza y arruinaría el crédito de la pobre mujer que la había pagado.

Mientras mis pensamientos divagaban, el tiempo pasaba rápidamente. No pasó mucho tiempo hasta que el reloj marcó las 11:20 p.m. Me rendí y me metí en la ducha. Mientras el agua corría por mis largas piernas, sentí una gran decepción. Me sentí derrotada, y lo que es peor, me sentí perturbada porque mis poderes mentales aún no habían regresado. Llevaba tanto tiempo manipulando a la gente que no tenía ni idea de cómo ser normal.

De repente, oí que llamaban a la puerta. No podía decir si era el sonido de la policía llamando a la puerta, un vecino informándome de un incendio o alguien que llevaba tiempo llamando a la puerta. En cualquier caso, ese golpe llamó mi atención porque sonaba urgente.

Cerré la ducha y cogí una toalla. Me acerqué a la puerta lentamente porque mis rodillas no se habían recuperado del todo de la caída. Los golpes se hicieron más fuertes. Sin mirar por la mirilla, abrí la puerta.

"¡Hola, Dawn!" dijo Brianna, apuntándome al pecho. "Amnesia, ¿eh? Veo que sigues con tus viejos trucos. Sé que te sorprende verme". Brianna me empujó hacia el interior de la casa con la boca del arma y cerró la puerta tras ella.

"¿Qué coño?" murmuré.

"¡Cuando me enteré de la noticia, supe que tenía que venir de inmediato! He estado esperando este día, mucho más tiempo del que podrías imaginar. ¿Qué pasa, chica Danny? Parece que has visto un fantasma. Pareces asustada". Brianna me miró de arriba abajo. "Conozco esa mirada de miedo. Es una mirada que tuve muchos días contigo en mi vida. En realidad, estaba aterrorizada. Nunca había estado tan asustada en mi vida como aquella noche". Pistola en mano, se asomó a la puerta. "¿Esperabas a alguien más?"

"No."

"Oh, déjame adivinar, estabas esperando a... ¿Damien? ¿He acertado? Sí, he acertado". Ella saltó como si hubiera ganado un premio. "Me doy cuenta por la mirada en tu patética cara. ¡Qué oportuno es esto! Yo también estoy deseando ver a Damien. Ahora sienta tu culo de zorra y pregúntate cómo vas a salir de esta. ¡No lo harás! Tengo una pistola apuntando justo a tu frío corazón, y perra, sólo se necesita un estallido para poner tu culo en el suelo. Ahora, ¿cuánto falta para que llegue Danny Boy?"

Me senté en silencio mientras mi corazón latía con fuerza. No podía creer que Brianna estuviera viva. Le había prendido fuego. ¿Cómo había sobrevivido? ¿Dónde había estado todos estos años? Llevaba tres días muerta. ¿Cómo estaba viva? ¿Cómo estaba sucediendo esto?

Mis pensamientos fueron interrumpidos por un fuerte golpe en la cabeza. Empecé a gritar pidiendo ayuda, pero Brianna observaba todos mis movimientos. Ni siquiera parpadeó mientras esperaba para volver a golpearme con la pistola.

"Pareces confundida. Bueno, no hay tiempo para explicarlo. Sólo tienes que saber que los pensamientos que tienes son los últimos. Ah, quería decirte antes de que llegue nuestro otro invitado: las pesadillas cesaron cuando creíste que estaba muerta. ¿Explícame cómo funcionan?"

"No voy a explicar una mierda", respondí rápidamente. "No sé de qué estás hablando".

"¡Claro que sí! No me gusta tu tono, así que será mejor que seas más amable". Me golpeó en la sien con la pistola.

"¡Está bien, está bien!" Le supliqué con las manos en alto. Me di cuenta de que Brianna hablaba en serio.

"Ahora, volvamos a las pesadillas. ¿Cómo lo hiciste, y por qué dejó de suceder?" Agitando la pistola con un movimiento amenazante, me miró profundamente a los ojos.

"No sé cómo funcionaba, pero empezó cuando era una niña y se detuvo cuando me golpeé la cabeza. Perdí la capacidad de controlar los sueños de todos. Los tuyos se detuvieron porque pensé que habías muerto. Brianna, ¡necesito ayuda!"

"Por favor, perra. Necesitas a Dios y no te preocupes, lo conocerás muy pronto. Así que controlabas los sueños de los demás. ¿Las pesadillas también?"

"Sí. Sólo tú, papá, mamá, Sheryl y Damien. Sólo

funcionó con gente con la que he estado mucho tiempo. No puedo entrar en el sueño de un extraño y convertirlo en una pesadilla. No funciona así. Tiene que ser gente que conozca a un nivel más profundo. Tampoco puedo hacerlo cuando la gente está demasiado lejos de mí, a menos que sean débiles mentalmente". Mi voz se redujo a un gemido.

"Sí, la has cagado bien, pero ese no es mi problema. Lo único que necesito de ti ahora es..." Apuntó la pistola a mi cabeza antes de ser interrumpida por una llamada telefónica. No contestó, ni siquiera miró para ver quién llamaba. Se negó a quitarme los ojos de encima. Era inteligente. Sabía el monstruo que era, y una distracción podía costarle la vida. Un descuido y su trasero sería mío.

Por primera vez en la conversación, realmente estudié a Brianna. Tenía ligeras marcas de quemaduras en el brazo izquierdo y manchas de quemaduras en el cuello. Su rostro estaba ileso y más hermoso que nunca. Sus pestañas eran largas y su cuerpo había crecido en exceso. Tenía la misma forma que mamá, pero su estómago era más plano. Sus caderas estaban perfectamente formadas y sus pechos se ajustaban a su delgada cintura. Todos sus rasgos de adolescente encajaban ahora perfectamente en su rostro. Aparte de las marcas de las quemaduras, Brianna estaba impecable.

Dos fuertes golpes sonaron en la puerta. La cara de Brianna se iluminó como un árbol de Navidad. Fruncí el ceño y esperé que fuera papá o alguien que pudiera ayudar. Miré a Brianna, que estaba de pie a un lado de la puerta, sólida y firme. Volvió a amartillar el arma y puso el dedo índice sobre sus labios perfectamente perfilados para decirme que me callara. Mi corazón se aceleró con la expectativa de ver quién estaba al otro lado de la puerta. Nunca había tenido tanto miedo.

"No está cerrada con llave", dijo Brianna con calma. La puerta se abrió y se produjeron dos disparos.

Ahora estoy aquí en este momento. No sé si estoy soñando o si estoy muerta. Estoy en un lugar oscuro y no puedo ver nada. Los sonidos son amortiguados, y parece que no puedo encontrar las partes de mi cuerpo, pero todavía puedo escuchar mis pensamientos en mi mente. Mi energía es débil. Me esfuerzo por escuchar. Me esfuerzo por oír a Brianna, a Damien o a cualquiera. Pero no puedo. Sólo puedo escuchar mis pensamientos. No puedo imaginar la cara de nadie excepto la mía, que también es la de Damien. No puedo oler, pero siento una sensación de calor, y eso me da esperanza.

Tal vez no estoy muerta. Tal vez estoy atrapada en una pesadilla. Me esfuerzo por mover los dedos de los pies, pero no los siento. Ni siquiera puedo ver mi mano. El calor que sentía hace unos segundos ha desaparecido, y ahora siento un escalofrío. Mi espacio es ahora completamente silencioso. Ni siquiera los sonidos apagados están ya aquí. ¿Dónde estoy? Quiero abrir los ojos, pero sólo veo oscuridad. Ya no estoy segura de tener ojos.

Damien me dijo una vez: "La verdad está dentro

de los ojos". Quiero parpadear tanto. Quiero sentir. Por primera vez, pido ayuda a Dios. Odio admitir que tengo miedo. Nunca he sentido miedo de verdad, y se siente poco acogedor para mi cuerpo. Si es que todavía tengo un cuerpo. Puedo sentir que me voy de donde sea que esté.

Todo se desvanece, incluso mis pensamientos. Estoy luchando por la conciencia, pero puedo sentir que se aleja. Estoy seguro de que ya estoy muerta. Si sólo puedo parpadear, diré la verdad, sobre todo. Damien al menos merece la verdad antes de que me vaya para siempre. El secreto de Damien no es nada comparado con el secreto que vive dentro de mi muerte. Si la verdad está realmente dentro de los ojos, sólo puedo esperar que mis párpados se abran de nuevo. Ahora he perdido mis pensamientos, y no me queda más que una mirada vacía en la profunda oscuridad.

Sobre la Autora

Sunni T. Connor es una autora de Baltimore, Maryland, que ahora reside en California. Su Bestseller alternativo DAMAGED little girl impulsó su carrera como escritora y le ayudó a obtener el reconocimiento como una autora sólida. Sunni es una impecable oradora motivacional y una empresaria en serie. Tiene dos hermosos hijos, unos padres increíbles y un alma gemela de ensueño.

Libros De Sunni T. Connor

- DAMAGED little girl
- A DAMAGED WOMAN
- DAMIEN'S SECRET
- DAMIEN'S SECRET II
- Niña Dañada (la version en español de Damaged Little Girl)
- El Secreto De Damien

Contáctame

www.naturallysunni.com
IG: Sunni_theauthor
FB: Sunni Connor
YT: Naturally Sunni